생각하는 대화의 기술

생각하는 대화의 기술

초판 1쇄 인쇄 2014년 11월 10일
초판 1쇄 발행 2014년 11월 15일

지은이 ㅣ 존 P. 데이비스
옮긴이 ㅣ 김영근
펴낸이 ㅣ 이정란
회 장 ㅣ 김순용
펴낸곳 ㅣ 이인북스

등록번호 ㅣ 2007년 12월 14일 제311-2007-36호
주 소 ㅣ 122-891 서울시 은평구 증산로17길 6-27, 301호
전 화 ㅣ 02) 6404-1686
팩 스 ㅣ (02) 6403-1687
이메일 ㅣ 2inbooks@naver.com

값 13,500원
ISBN 978-89-93708-41-7 03810

Communication skills to think

생각하는 대화의 기술

지은이 존 P. 데이비스 ㅣ 옮긴이 김영근

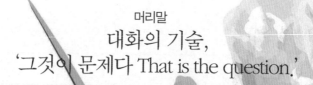

머리말
대화의 기술,
'그것이 문제다 That is the question.'

말은 상대방을 이해하고자 할 때, 내 뜻을 전하고 상대방과 즐기고자 할 때, 상대로부터 무언가를 배우고자 할 때 하는 것이다. 말이란 그 사람의 개성을 나타내기도 하고 성격을 나타내기도 하며 인격을 나타내기도 한다. 다양함이 존재하면서 사람마다 말의 품격이 다르다.

앙리 드 레니에는 '무슨 이야기를 하기 전에 생각할 여유가 있거든 그것이 말할 만한 가치가 있는가 없는가, 말할 필요가 있는가 없는가를 먼저 생각하라'고 했다. 이 말은 대단히 중요한 말이다.

대화는 상대방과 나의 교류다. 그래서 어느 한편으로 흐르면 대화는 생명력을 잃게 되고 본연의 뜻을 이룰 수 없다. 서로의 교감이 잘 이루어져 대화의 흐름이 좋으면 그보다 나은 일은 없겠지만 그것이 말처럼 쉽지 않으니까 문제다.

'주의 깊게 듣고 총명하게 질문하고 조용하게 대답하고 그리고 그 이상 아무 말할 필요가 없을 때에 입을 열지 않는 사람은 인생의 가장 필요한 의의를 깨달아 지닌 사람' 이라고 라하테르는 말했다.

"인간은 세상사 모든 것을 이야기를 통해 이해한다."

이 말은 사르트르가 한 말로서 대화의 중요성이 얼마나 중요한 것인가를 증명한다. 이야기는 인간이 소통할 수 있는 중요한 요소이기 때문에 이야기를 어떻게 해나가야 하는가는 우리 모두가 고민해야 할 중요한 명제다.

모든 문화에는 그 문화에 속하는 암묵적인 규칙이 있다. 말에도 마찬가지로 분절이 있으며 억양을 통하여 높고 낮게, 그리고 강하고 약하게 강조할 부분에 악센트를 주면서 변화 있는 억양을 구사해야 한다.

말주변은 타고나는 것이 아니라 꾸준한 연습을 통해 만들어지는 것이다. 조급한 마음으로 되고자 하면 더 느려지는 것이 화술이다. 그리고 화술을 말하는 기술뿐만 아니라 듣는 기술을 필요로 한다. 말을 잘 들을 줄 아는 것은 말을 잘하는 것 이상으로 중요하다.

듣는 사람은 말하는 사람의 깊은 철학은 물론 사상을 바탕으로 한 소신 있는 말을 기대하고 있다. 그가 어떤 말을 하려는지 이해하려고 애쓰며 실현성 있는 화제를 요구한다. 그렇다면 이렇게 듣는 사람의 바람을 충족시키기 위해선 어떻게 해야 할까.

말하는 사람은 듣는 사람으로 하여금 자신의 의도가 무엇인지 알 수 있게 확실한 테마를 쉽게 전해야 한다.

말이란 무엇인가?

사람은 말을 통해서 자신의 생각을 남에게 알리기도 하고 다른 사람의 생각을 받아들이기도 하며 거부감을 나타내기도 한다. 말은 나와 남과의 연결통로이다. 그것이 매개체가 되어 서로 교감을 나누고 생각을 교류하며 행동을 추천한다. 상대방의 이해력에 맞추어서 자기를 억제할 수 있는 사람이 진정 말을 잘하는 사람이다. 그런 사람이 소통을 잘 이루고 말의 품격과 커뮤니케이션을 활발하게 한다.

이 책은 대화의 기술을 잘 익힐 수 있도록 그 방법을 서술한 책으로서 대화의 기술을 익히고자 하는 사람에게 아주 유익한 책이 될 것임을 의심하지 않는다. 좋은 성과가 있기를 바란다.

존 P. 데이비스

10

차례

생각하는

대화의 기술

나만의 화술이 필요하다

자신의 생각을 논리적으로 전개하기 위한 노력은
화술을 늘리는데 촉진제 역할을 한다.

시작과 끝이 좋은 말을 찾아내라. 그리고 그들을 긴밀하게 연결시켜
대화를 해나가라. 이것이 나만의 화술로 습관이 된다면 당신은 화술에
능한 사람이 될 수 있다.

오리슨 박사는 '자신을 표현하려는 노력 속에서 그 사람의 판단력은
물론 교육이나 인성, 성격 등 한 인간을 구성하는 모든 요소들이 파노라
마처럼 펼쳐진다'고 말했다. 그리고 '그 노력 속에서 인간의 온갖 정신
적 능력은 잠을 깨며, 생각과 표현의 모든 힘이 자극을 받고 활성화 된
다'고도 말했다.

자신의 생각을 논리적으로 전개하기 위한 노력은 화술을 늘리는데 촉
진제 역할을 한다. 자기만의 화술을 가지려 할 때 우선시되는 것은 '누구
나 바지를 입을 때 한 번에 한 쪽씩밖에 입을 수 없다는 것'을 상기하여
꾸준히 노력하는 길뿐이다. 처음부터 화술에 능한 사람은 없다. 모두가
화술에 필요한 연마로 꾸준하게 노력해서 얻은 결과다.

능숙한 화술을 구사하는 사람은 이야기에 줄거리가 있다. 줄거리 있
는 이야기는 자신의 이야기를 좀 더 현실적으로 받아들이게 하고 상대방

에게 간접 경험을 느끼게 하는가 하면 그런 일이 실제 자신에게 일어날 수도 있지 않을까 하는 기대를 가능하게 한다. 1인칭을 써서 내가 직접 경험한 것 같은 일처럼 들려주면 그 효과는 배가 된다. 결국 나의 화술에 깊이 빠져들게 할 수 있다.

줄거리가 있는 이야기는 어떤 식으로든 사람의 마음을 움직이는 지렛대 역할을 한다는 것을 알고 능란한 화술에는 꼭 줄거리 있는 이야기가 존재한다는 것을 인식하길 바란다. 그것을 바탕으로 하여 톡톡 튀는 감각적 표현으로 세련된 화술을 구사할 때에 상대를 내 편으로 끌고 들어오는 힘과 기술을 가지게 된다. 그리고 상대방의 마음속 깊이 파고들어 이성에 호소하고 감정에 호소하는 능력을 지니게 된다.

이야기의 매력은 곧 그 사람의 매력임을 잊지 마라.

Actions speak louder than words.
행동은 말보다 설득력이 있다.

한 걸음 한 걸음 천천히 걸어도 언젠가는 목표
지점에 도달할 수 있다고 생각해서는 안 된다.
느린 발걸음이라도 그 걸음에 가치가 있어야 한다.

풍부한 화제를 찾아 즐겁게 말하라

대화를 잘 하는 사람의 특징은
화제를 많이 가지고 있다는 점이다.

화제는 항상 풍부해야 한다. 말의 표현은 언제든 명랑하고 밝아야 하며 상호간에 공감할 수 있는 내용이어야 한다. 하지만 금기시해야 할 것이 있는데 이는 똑같은 내용을 반복하지 말라는 것이다. 자칫 자기 말에 도취되어 한 이야기를 되풀이해서 하는 사람이 의외로 많다. 이는 상대방으로 하여금 대화에 흥미를 잃게 하는 나쁜 요인이 되므로 각별히 조심하면서 대화를 이어가야 한다.

대화를 잘 하는 사람의 특징은 화제를 많이 가지고 있다는 점이다. 그들은 일상적인 문제에서부터 시사적인 문제까지 두루 많은 이야깃거리를 지니고 있다.

화제는 언제나 주변에 있으므로 화제를 찾으려만 한다면 그리 어려운 일은 아니라고 본다. 그렇다고 해서 아무거나 마구잡이로 화제를 비축해선 화제가 경박할 우려가 있으니 대화에 필요한 적절한 화제를 선별하여 수집하는 것이 좋다. 특히나 남들이 들어서 감동할 수 있는 소재들을 찾아내 화제로 삼는데 생각이 깊거나 특이한 경험을 가진 사람들은 소재의 빈곤을 느끼지 않는다.

"그 사람과 이야기를 하고 있으면 정말 시간 가는 줄을 모른다니까. 정말 유익하고 재미있어."

이러한 평가를 받는 사람은 틀림없이 풍부한 화제를 가지고 있는 사람이다. 마치 잡학사전을 지니고 있는 사람처럼 말이다.

그러나 화제는 상대에 따라 그 소재가 달라야 한다. 상대가 가지는 관심에 따라 적절한 화제가 되어야지 전혀 딴판인, 사회적인 지위나 인품의 척도에 맞지 않는 소재를 선택해서 말하면 오히려 역효과를 가져올 수 있다. 영화를 좋아하는 사람이라면, 스포츠를 좋아하는 사람이라면, 경제나 사회문제에 관심을 가지고 있는 사람이라면 그런 취향에 따라 소재를 선택해 대화의 주제로 끌고 가야 자신이 목적하는 대화를 이어 갈 수가 있고 말의 주제에 대한 강력한 힘을 발휘할 수 있게 된다.

대화를 하다보면 자신의 말이 흥미를 끌고 있는지 지루하게 느끼고 있는지는 상대방의 손을 살피면 금방 알 수 있다. 만일 그들의 손이 자꾸 시간을 확인하기 위해 시계를 보고 있다면 이것은 당신의 말이 어서 끝났으면 한다는 징표이다. 이때는 당신이 어서 말을 끝내던가 아니면 상대방이 대화에 흥미를 가질 화제를 빨리 찾아야 대화를 유지할 수 있다.

말을 하면서 상대방의 눈이 어디를 향하고 있는지 살펴라. 주위를 두리번거리거나 자꾸 다른 쪽으로 시선을 향하고 있으면 그 역시 지금의 대화에 흥미를 잃고 있다는 증거이다.

Actions speak louder than words.
말보다 행동이 더 신뢰감을 준다.

고개에 오르려고 하다가 꼭대기에 이르지 못했다 하더라도
이 얼마나 칭찬할 만한 일인가.

상대방의 말에 귀를 기울이지 않는 것은

남의 말을 경청하는 것을 습관화 시켜라.
그런 습관이 있는 사람에게 사람들은 호감을 가지고 다가온다.

대화의 첫 규칙은 듣는 것이다. 이야기의 효과는 듣는 사람에게 달려 있다. 화술의 근본은 먼저 남의 이야기를 잘 듣는 것에서부터 출발한다. 가장 호감을 가지는 사람은 자신의 의견을 진지하게 들어주는 사람이란 앙케트조사를 보면 상대방의 이야기를 열심히 듣는 것이야말로 상대방에게 가장 호감을 갖게 하는 방법임을 알 수 있다. 그렇다면 가장 말을 잘하는 사람은 가장 잘 듣는 사람이란 등식이 성립된다.

설령 상대방이 자신의 생각에 동의하지 않는 말을 하더라도 그 사람이 그렇게 생각하는 이유를 충분히 들은 후에 반대 의견을 내놓아도 내놓아야 한다. 그래야 반대 의견의 당위성을 잘 설명할 수 있다.

남의 말을 잘 들으려면 남의 말에 흥미를 가져야 한다. 그러나 남의 말을 듣는 게 습관이 되지 않은 사람들에게는 어려운 일이다. 대부분의 사람들이 남의 말을 잘 듣는 것에 실패하는 이유가 여기에 있다.

남의 이야기를 잘 듣는 방법의 훈련 하나로 내가 제시하고 싶은 것은, 상대방의 말을 들으면서 맞장구를 치며 대화에 관심을 갖는 일이다. 그러면 집중력이 높아지고 자연 상대의 말에 흥미를 가지게 된다. 이야기

를 들을 때는 고개를 끄덕이며 반응을 보이는 것도 매우 중요하다.

"그렇군요."

"당신의 이야기를 듣고 보니 느낀 것이 많았습니다."

상대의 말에 공감한다는 표시로 고개의 끄덕임이 말과 함께 섞여 보이면 말하는 사람은 한껏 신이 나서 더욱 열심히 말을 하게 되는 것은 틀림없다.

남의 말을 경청하는 것을 습관화 시켜라. 그런 습관이 있는 사람에게 사람들은 호감을 가지고 다가온다. 자신의 이야기를 잘 들어주는 상대에게 호감을 갖는다는 것은 인간의 공통된 심리이다.

성공한 사람들 대부분이 남의 말을 잘 들을 줄 아는 사람이었던 것을 보면 상대의 말을 주의 깊게 들으며 상대의 말에 관심과 흥미를 보인다는 것이 얼마나 중요한 일인가를 알 수 있다.

남의 말을 잘 들어주는 데는 강한 흡인력이 있다. 누구든 자신의 말을 잘 경청해 주는 사람에게 호감을 가지며 그에게 한 발 다가서는 아량과 친절을 보인다. 보통 사람들은 말하는 것에 대해서는 기술이 필요하다고 말하면서도 듣는 것에 대해서는 그런 의견을 보이지 않는다. 듣는 것에 뭐가 기술이 필요하느냐는 견해다. 하지만 그렇지 않다. 듣는 데도 기술을 필요로 한다.

듣는 기술은 말을 이해하는 이해력이 강조된다. 이해력이 없으면 상대가 어떤 말을 하는지 잘 모를뿐더러 논조가 어떻게 흘러가는지도 모른다.

상대방의 말에 귀를 기울이지 않는 것은 위험하다. 중요한 정보를 놓치고 다가오는 문제를 보지 못함은 물론이고 결국 상대의 마음을 읽거나 추측해야 한다. 상대의 말을 듣는 것은 말하는 사람에 대한 경의이고 이해하기 위한 노력이다.

대화를 시작할 때면, 자기 의견보다는 서로가 함께 동조할 수 있는 이야기를 꺼내라. 그리고 '우리는 같은 목표를 추구하고 있다. 다만 방법에 차이가 있을 뿐이다' 라는 생각을 갖게 하라.

이야기에는 반드시 상대방이 있는 법이다. 그러기 때문에 상대에 대한 배려가 나의 말 속에 들어 있어야 한다.

It is an ill wind that blows nobody good.
바람이 불면 누구에게든 이익이 된다.

인간은 존재하고 있을 뿐만 아니라
자기가 존재하고 있다는 것을 알고 있다.

손과 몸의 동작을 적절히 조화시켜 말하라

대화는 말로 자신의 의사를 전달하지만 표정이나 동작 등도
자신의 의사를 전하는 데 있어 중요한 수단이 된다는 것을 알아야 한다.

자연스러운 제스처가 호감을 불러온다. 딱딱한 표정을 짓고 사무적인 태도로 말하는 것은 대화법에서 가장 경계해야 할 일 중의 하나다. 이야기할 때의 태도는 말의 내용 못지않게 중요하다.

좋은 말은 생각과 어조, 자연스러운 동작, 그리고 화제에 대해 관심을 가지고 대화를 이어가는 것이 가장 효과적이다. 그렇다고 해서 미리 제스처를 계획할 필요는 없다. 자연적인 행동이 행동을 결정하도록 할 것이며 오로지 당신은 무엇을 말하려고 하는지에 대해서만 온 신경을 집중시키되 말에 따른 적절한 손과 몸의 동작을 자연스럽게 펼치면 된다.

뒷짐을 지거나 두 손을 주머니에 찌르고 말하거나 가만히 늘어뜨리고 말을 하면 너무 긴장하고 있다는 것을 증명하는 셈이 되고 이런 태도에서 행해지는 당신의 말을 올바르게 경청할 사람은 그리 많지 않다.

대화는 말로 자신의 의사를 전달하지만 표정이나 동작 등도 자신의 의사를 전하는 데 있어 중요한 수단이 된다는 것을 알아야 한다. 그것들은 말로 하는 언어와 마찬가지이다. 자연스러운 의사소통의 일부분이다. 말과 마음과 행동이 적절한 균형을 유지해야 하고 이야기할 때의 태도와

표정도 말의 내용 못지않게 중요하다.

제스처는 왜 사용하는가? 그것은 내용을 강조하거나 분위기를 반전시키고 대화의 확신의 결정판임을 증명하기 위함 때문이다.

말의 뜻과 일치된 약간의 제스처는 여유 있고 세련되게 보인다. 그리고 당신에게 친밀감을 느끼게 한다. 제스처는 말로 표현할 수 없는 자신의 심정을 전달한다는 의미에서 중요한 역할을 하는 것이라고 생각해야 한다. 제스처는 말이 분화分化되지 않았던 시대에 말만으로는 구체적으로 자기 의사를 표현할 수 없을 때 그 보충으로서 형성된 것이라고 하지만 손의 움직임, 신체의 동작 모두는 분명한 언어이다. 자기 의사를 좀 더 설득력 있게 설명하기 위한 보충 언어이다.

자연스런 제스처는 많이 사용할수록 좋다. 말하는 내용을 이해받고 싶어 할 때 몸짓, 손짓을 하게 마련인데 이는 상대방에게 효과적으로 나타난다. 당신이 대화해 본 사람들 중에 특별히 기억에 남는 사람이 있다면 아마도 표정이나 동작, 행동 등이 인상적인 사람이었을 것이다.

윈스턴 처칠의 승리의 V자를 기억하는 사람이 많을 것이다. 그의 제스처의 압권인 이 핑거 액션finger action은 강력한 호소력을 지니고 청중의 마음속을 파고들었다. 제스처는 언어의 보조수단에 불과하지만 말을 보다 정확하게 전달하는데 있어 꼭 필요함을 잊지 말고 제스처에 각별히 신경 써야 한다는 것을 유념하자.

남을 잘 감동시키고 웃기는 사람들을 보면 그냥 뻣뻣하게 선 채로 말하는 사람이 없다. 손과 몸의 움직임이 활기차다. 또한 그것을 듣는 사람도 석고상처럼 가만히 앉아서 듣는 사람은 없다. 배를 움켜쥐고 웃는다거나 몸을 젖히고서 몸을 비튼다.

이 모든 것이 동작을 통한 대화의 연결법이다. 이러한 동작이 취해진 다는 것은 서로 간에 대화가 잘 이루어지고 있다는 것을 증명하는 것이 며 대화의 만족도를 나타내는 것이기도 하다.

Winter eats what summer gets.
여름이 얻어 둔 것을 겨울이 먹는다.

> 세상에 있는 것으로 가장 공평하게
> 분배되어 있는 것은 양식(良識)이다.

자신에 대해서만 말하지 마라

말은 상대방을 이해하고자 할 때, 상대로부터 무언가를 배우고자 할 때,
도움을 주거나 위로하고자 할 때 하는 것이다.

대화의 중심에서 자신은 감추어 두라.

홀륭한 대화를 만들어 가지 못하는 원인의 중심에는 자기에게 관심
있는 것들만 이야기하는 습성이 자리하고 있다. 자신에게는 중요한 이야
기가 상대에게는 매우 따분한 이야기일 수 있다는 것을 모른다.

대화라는 것이 서로의 마음과 마음을 묶어주는 것이지만 듣는 일색이
되면 피곤함을 느끼게 되는 것이 일방적인 말이다. 말하는 사람은 진지
한데 듣는 사람은 그렇질 못하다. 이런 대화는 그저 나의 생각을 주입시
키는 그런 주입식 대화다. 이런 흐름은 일방적인 대화에서 언제든 일어
날 수 있는 요소이다.

사람은 누구나 자기를 주장하고 싶어 한다. 자기를 표현하고 싶다는
강한 욕구가 결국 상대방은 고려하지 않고 자기 자신에 대한 이야기만
하게 한다.

그렇다고 듣기만 하는 대화는 집중력과 인내력을 요구하기 때문에 그
것을 피하기 위해서는 서로 주고받음을 적절하게 나누어야 한다. 그래야
만 즐거운 대화가 된다.

필요하다면 배려심에서라도 상대방이 말할 기회를 제공하라. 아무리 듣기 좋은 말도 길게 하면 설득력을 잃기 쉽다. 짧은 말이어야 한다. 자신의 이야기가 상대방이 오래토록 들을 만큼 좋은 주제가 되기는 어렵기 때문에 더욱 그렇다. 상대가 어떤 식으로든 반응할 수 있도록 유도하는 것도 커뮤니케이션의 균형을 유지하는 방법이며 대화의 헤게모니를 주도하는 기술이기도 하다.

당장 이야기를 뒤집어라. 자신에 대해서 말하던 것을 상대방이 가지고 있는 관심으로 돌려라. 단번에 당신은 훌륭한 이야기꾼으로서 상대방에게 호감을 얻게 된다.

말은 상대방을 이해하고자 할 때, 상대방과 즐기고자 할 때, 상대로부터 무언가를 배우고자 할 때, 도움을 주거나 위로하고자 할 때 하는 것이다. 그것이 말의 핵심이다. 그래서 자신에 대해서만 말을 해선 안 된다.

루이스 맨스는 말했다.

"인간은 다른 이와의 대화를 통해서 존재한다. 이러한 대화를 통해서 인간은 자신이 누구이며, 어디로 가고 있는지 깨닫는 감각을 기른다. 인간은 포용과 사랑의 말을 서로에게 한다. 그러나 변화와 새로운 삶의 스타일을 강요하는 가슴 아픈 말을 하기도 한다. 말을 할 때는 자신이 이미 알고 있는 것만 말하고 들을 때는 다른 사람이 알고 있는 것을 배우도록 하라."

말을 할 때는 자신이 이미 알고 있는 것만 말하고 들을 때는 다른 사람이 알고 있는 것을 배우도록 하라.

상대방이 관심을 가지고 있는 일에 대해 관심을 보이며 이야기를 하면 상대는 자신이 존중받고 있다는 느낌을 받게 된다. 이것은 상대방을

이해하고 즐겁게 교류하는 하나의 방법이기도 한다. 사람의 마음을 움직이는 가장 결정적인 좋은 방법은 바로 상대의 관심사에 대해 화제를 모으는 것이다.

He is the happiest who knows nothing.
아무것도 모르는 사람이 가장 행복하다

이성적인 것은 현실적인 것이며
현실적인 것은 이성적인 것이다

올바르게 보이도록 하라

적절한 톤과 교양 있는 말솜씨, 상대방의 의견을 청취하려는 마음가짐,
이런 것들이 나라는 사람이 어떠한 사람인가를 인식하게 한다.

대화를 하면서 내가 상대에게 어떤 사람으로 보여질 것인가에 대한
의식은 누구나 하게 마련이다. 그리고 좋은 이미지와 함께 내가 올바른
사람인 것에 대한 인식이 생겨지길 바란다.

말이란 그 사람의 개성을 나타내기도 하고 성격을 나타내기도 하며
인격을 나타내기도 한다. 다양함이 존재하면서 사람마다 말의 품격이 다
르다.

대화의 특징은 대면성에 있다. 마주보고 이야기하면서 상대가 신의할
수 없는 사람이라 여겨지면 대화의 특징을 살릴 수 없다. 상대가 처음 대
면하는 사람이라면 더더욱 올바르게 보이도록 애써야 한다.

말을 통한 인품의 보임은 말하는 태도에서 나타난다. 적절한 톤과 교
양 있는 말솜씨, 상대를 배려하며 적절한 간격을 두고서 상대방의 의견
을 청취하려는 마음가짐, 이런 것들이 나라는 사람이 어떠한 사람인가를
인식하게 한다.

대화의 목적은 나의 생각을 상대방에게 전하는 것이고 상대방의 생각
을 또한 전달받는 것이다. 그런데 나나 상대방이 별로 신의 있는 사람처

럼 보이지 않거나 진정성이 부족한 사람이라 여겨지면 그 대화에 진실이 포함되길 기대할 수 없다. 그러나 반대로 그 사람이 올바른 사람이라 여겨지면, 배려심이 있고 인품이 풍부하며 따뜻한 마음씨를 지닌 사람이라고 판단되며 그 대화는 자연 흥미로움 속에서 풍부한 대화를 이어 갈 수가 있다.

올바른 사람으로 보이도록 힘써라. 그것도 대화의 기술을 가지는 중요한 요소이다. 올바른 사람이라는 판단이 서지 않으면 솔직한 대화를 나눌 수 없을뿐더러 대화를 해야 할 가치를 잃게 된다.

품격을 잃지 말아야 한다. 대화의 품격이나 상대방을 대하는 태도 역시 품격을 보여야만 한다. 말의 어투가 어눌해도 품격 있는 사람의 말은 신용을 얻게 되지만 말이 세련되고 유수처럼 흘러도 품격이 없는 사람의 말은 신용을 얻지 못한다. 부정의 인식이 대화의 밑바탕에 깔려 대화를 하는 목적이 사라지게 된다.

Were there no hearers, there would be no backbiters.
남을 험담하는 사람의 말을 듣는 것도 잘못이다.

젊음은 분명히 행복한 것이다. 그러나 그 속 안에
더욱 깊이 감추어져 있는 행복의 비밀의 바닥에 역시
불안이 스며들어 있고 절망이 깃들고 있다.

상대에게 공감하고 상대 입장이 되어 말하라

대화를 나누고자 할 때는 상대가 어떤 이야기에 관심을 두고 있는지
미리 파악한 뒤에 그것을 화제로 삼는 것이 중요하다.

마음을 연다는 것은 인간관계의 기본이다. 그러나 상대의 마음을 열
게 하는 데는 상대의 속마음을 먼저 파악해야 한다. 그리곤 거기에 대처
해서 대화를 진행해 나갔을 때 상대가 마음을 열고 나를 받아들이게 된
다. 이 관계에서 상호이해가 가능하며 서로간의 협력 관계 강화가 이루
어진다.

상대가 직장의 동료이든 비즈니스에서 만나는 사람이든 서로 의견을
자유롭게 나누며 사귀었을 때 진정한 커뮤니케이션이 이루어진다.

대화를 나누고자 할 때는 상대가 어떤 이야기에 관심을 두고 있는지
미리 파악한 뒤에 그것을 화제로 삼는 것이 중요하다. 그러기 위해선 우
선 상대방의 말을 경청하는 것이 좋다. 상대방의 이야기를 먼저 듣고 있
으면 상대방의 의중을 알 수 있으며 상대방이 어떤 이야기를 듣고싶어
하는지 대강 알 수 있다. 겸손하면서도 현명한 대화법이기도 하다.

사람의 마음은 낙하산과 같은 것이어서 펴지지 않으면 쓸 수 없다. 마
찬가지로 상대방이 마음을 열지 않으면 그 대화는 그저 형식적인 대화에

그치게 된다. 이분법적 사고를 버리고 모든 가능성에 스스로를 열어놓고
서 대화를 해야 한다.

말을 잘한다는 것은 대화의 효과를 높인다는 것. 그 효과의 중요한 포
인트가 바로 상대방의 속마음을 잘 파악해서 거기에 알맞은 대화를 하는

것이다. 모든 사람은 다른 사람과 있을 때마다 자기 자신을 드러내게 된다. 문제는 자신을 드러낼 것인가 아닌가 하는 점이 아니라 어떻게 하면 자신을 적절하고 효과적으로 드러낼 것인가 하는 점이다. 그러기 위해서는 상대의 속마음이 어떠한지를 알아야 한다. 그러지 않고선 자칫 헛된 말을 하게 되는 우를 범할 수도 있다.

상대방이 의도하고 있는 것은 바로 상대방의 뜻이 된다. 뜻에 맞지 않는 대화가 온전할 리 없다. 온전하지 못한 대화는 그저 형식적인 대화에 지나지 않고 시간낭비일 뿐이다.

하버드대 브라운 박사는 '대화의 대부분은 형식적인 대화이며 뜻이 결여되어 있다.'고 말했다. 이것은 무슨 뜻인가? 바로 상대방의 의중을 알지 못하고서 대화를 시행하는데 원인이 있는 것 아닌가. 대화의 가장 중요한 핵심은 상대방의 의중을 알아내 거기에 알맞은 대화를 해나가는 것이다.

상대방의 마음을 읽어라. 그것이 곧 상대방의 속마음을 파악하는 것이다. 말이란 필요할 때 필요한 만큼 하는 것이 가장 효과적인 수단이다. 항상 상대방의 입장을 고려하여 말하고 상대의 신경을 자극하는 말은 삼가야 한다.

유익한 대화를 만들어 가지 못하면 그건 전적으로 당신 책임이다. 오직 당신에겐 사람들을 당신의 이야기 속으로 끌어들여 감명을 줘야 한다. 그러지 못하면 그건 당신의 대화에 결함이 있다는 증거이다.

Life is half spent before we know what it is.
인생은 우리가 채 알기도 전에 반이 지나가고 없다.

너무 성공에 매달리지 마라. 선망에도 매달리지 마라.
이들은 인생을 짓밟고 정신을 질식시킨다.

상대에게 공감하고 상대 입장이 되어 말하라

상대를 자극하는 말은 절대 금물이다. 대화를 하다 보면 어떤 경우라도
넘어선 안 될 선이 있다.

우리가 대화하고 싶은 상대는 자신과 함께 공감하는 사람들이다. 사
람의 심리에 자신이 말하고 느끼는 것을 상대가 공감하길 바라는 것이
있다.

"제 생각으로는……."

"제가 경험한 바로는……."

상대의 의견이 다를 수도 있다는 대목에선 바로 지금 하는 이야기가
나를 중심으로 한, 나의 생각이 많이 주입된 이야기임을 상기시키고 상
대방의 반응을 살펴라. 그런 가운데 고개를 끄덕이면 생각의 일치가 된
것이고 별다른 반응이나 고개를 갸웃하는 기미가 보이면 서로의 견해가
다르다는 것을 간파할 수 있다.

나의 주장을 관철한답시고 상대를 자극하는 말은 절대 금물이다. 대
화를 하다보면 어떤 경우라도 넘어선 안 될 선이 있다. 해야 될 말이 있고
하지 말아야 될 말이 있다. 감정을 다스리지 못하고 상대방이 어떻게 생
각하든 상관없이 내뱉는 말들은 상대에게 상처만 줄 뿐이다.

말은 지워지지 않는 그림자를 새기고 그 그림자를 통해 모든 사물을 이해하며 인식하게 만든다. 단어들이 새겨 놓은 그림자는 상대를 배려하고 상대를 경험하는데 커다란 장애가 된다는 것을 우리는 알고 있어야 한다.

사람은 자유롭기 위해 말을 창조했다. 말을 만들어 다른 사람들과 의사소통을 하고 예부터 내려온 지혜와 지식을 전달했다. 말을 가지고 명상할 수 있고 생각을 정리할 수 있으며 뭐든 창조할 수 있다. 이러한 중요한 말들이 내 입장에서만 상대에게 전달되어선 안 된다. 상대의 생각에 함께 공감하는 말, 내 입장에선 뚜렷한 의식을 가졌어도 상대방의 입장에선 그러지 않을 수 있다는 생각으로 상대방의 입장을 배려하는 일, 오르막과 내리막은 그 비탈길에 서있는 사람의 주관에 따라 다르다. 비탈길 밑에서 올려다보면 오르막길이고 비탈길 위에서 내려다보면 그건 내리막길이다. 그것은 하나의 같은 비탈길에 지나지 않는다. 그런데 사람들은 서로의 입장에서 오르막이라고, 내리막이라고 규정하며 우기고 있다.

The darkest hour is just before the dawn.
밝은 시대가 오기 직전이 가장 암울한 법이다.

귀찮은 일이다, 괴로운 일이다 하고
생각하는 것이 그 일을 괴롭게 만든다.

유머 감각으로 대화하라

유머 감각으로 대화를 할 때는 가끔씩 웃음을 제어할 수 있는 강한
화술의 힘을 지녀야 한다. 유머는 인간이 갖추고 있는 힘 가운데
가장 위대한 것 중의 하나다.

유머감각을 지니고 있는 사람은 대체적으로 많은 사람에게 호감을 얻
는다. 웃음이란 전염되는 것으로서 건강에 좋다는 것 이상으로 인과관계
에 좋은 영향을 끼친다. 행복의 지수를 느끼는 것 가운데 웃음만큼 기여
하는 것이 없다고 볼 때에 유머는 절대적 가치로 인간의 마음에 파고든
다.

봅 호프가 '나는 웃음의 능력을 보아왔다. 웃음은 거의 참을 수 없는
슬픔을 참을 수 있는 어떤 것으로, 더 나아가 희망적인 것으로 바꾸어줄
수 있다'고 갈파했다.

대화에서 상대를 즐겁게 웃음을 선사하면서 할 수 있다면 이보다 좋
은 일은 없다. 그러나 이런 대화를 이어간다는 것이 그리 쉬운 일은 아니
다. 그야말로 '그것이 문제다 That is the question'

말을 재미있게 하는 것도 남다른 재주다.

유머감각이 포함된 대화는 억지로 해서는 좋게 이루어지지 않는다.
독창적이며 가장 자연스러운 형태로 이루어져야 한다. 그러나 유머를 통
한 것은 한 가지 문제점이 있다. 그 어떤 동기유발이나 행동으로 연결하

는 힘이 상당히 떨어진다는 점이다. 웃음은 그 자체로 사람들에게 가장 행복함을 주기 때문에 그 순간만큼은 아무 것도 하고 싶어 하지 않으며 그 자체로 만족한다는 것, 이것을 간과해선 안 된다.

웃음이 놀라운 진정효과를 보이고 에토스를 높이는데 유익한 것은 분명하지만 그 한계의 애매함에 가끔 효력을 상실하게 되기도 한다. 에토스는 설득하는 사람의 인격과 직결되는 정신을 말한다.

그래서 유머감각으로 대화를 할 때는 가끔씩 웃음을 제어할 수 있는 강한 화술의 힘을 지녀야 한다. 유머는 인간이 갖추고 있는 힘 가운데 가장 위대한 것 중의 하나다. 수준 높은 유머는 그 사람의 지성의 척도를 측정하게 한다. 그리고 인생을 즐기기 위한 자극제 역할을 한다. 유머는 자아의 밖에서 자아를 관조하는 초자아超自我다. 따라서 타성에 젖어 있는 인간 생활에 청량제로서도 그만이다.

유머는 높은 수준의 화술에서 발휘될 수 있는 능력으로 사람간의 대화를 윤택하게 한다. 웃음은 양성으로 밝은 것이며 인간적 차원에서 살아가는 모든 동물들에게 나타나는 행복함이다.

Where is well with me, there is my country.
내가 잘 있는 곳이면 그곳이 내 마을이다.

인간만이 웃음을 만들어내지 않을 수가 없을 만큼 깊이 괴로워하는 것이다.

말을 잘하려면 아는 것이 많아야 한다

아는 것이 아무리 많아도 자신만의 사고가 없다면
단순한 의미만 전달할 뿐 깊이 있는 말을 할 수 없다.

대부분 성공한 사람들은 말을 잘한다. 그러므로 성공하기 전해서는 말을 잘하기 위해 화술을 터득하고 개발해야 한다.

말을 잘하는 사람은 보통의 사람보다 독서량이 많다. 많은 책을 통해 다양한 생각과 그것을 표현해 주는 능력이 키워진다. 글을 쓴 사람의 논리적 사고가 저절로 습득이 되면서 자신만의 특화로 결정지어진다. 어휘력의 증대가 급속하게 늘어나면서 상대를 설득시키는 힘이 키워진다. 힘차고 명확한 말을 구사하는데 있어 독서보다 나은 것이 없다는 게 나의 결론이다.

언어의 마술가로 알려진 마크 트웨인은 젊은 시절에 여행을 하거나 어떤 노동을 할 때도 그의 곁에는 항상 웹스터 사전이 있었다고 한다. 그는 말을 누구보다 잘하고 싶다는 욕망에서 항상 사전을 끼고 다니면서 단어를 익혀갔다. 뿐만 아니라 세계에서 연설에 능했던 모든 사람들은 이런 똑같은 과정을 밟았다. 낱말의 의미를 아는 것으로만 끝난 것이 아니라 그 어원을 살펴 단어의 궁극적인 뜻을 찾아냈다.

언어는 당신이 지금 만나고 있는 인물들의 수준과 정비례한다. 말을 잘하고 싶거든 치열한 독서에 당신 자신을 파묻어라. 그런 뒤에 변화된 당신의 말투가 화술의 경지에 도달해 있을 것이다. 그러나 같은 업무에 종사하는 사람이 아니라면 전문용어와 같은 것은 피하라. 당신의 생각은 어린 아이도 이해할 수 있도록 쉬운 말로 하는 것이 좋다.

하지만 아는 것이 아무리 많아도 자신만의 사고가 없다면 단순한 의미만 전달할 뿐 깊이 있는 말을 할 수 없다. 말은 어휘력의 조절능력이 있어야 하는데 이는 사고력을 바탕으로 한다.

이야기를 잘하는 사람은 적은 말로 효과를 누리는데 그런 사람의 특징은 어휘를 풍부하게 갖고 있다는 점이다. 이 또한 독서에서 얻어진다고 할 때 독서의 양을 늘리는 것이 절대적임을 간과해선 안 된다.

많은 것을 알고 있는 사람들의 특징은 일단 어떤 자리에서도 자신감이 배어 있다. 두려움이나 긴장하는 법이 거의 없고 어떤 화제에 직면해도 당황하는 기색이 없다.

지식이 적은 사람들의 행동을 한 번 살펴보자. 그런 사람들은 어느 자리에서건 나서지 못하고 뒷전에서 서성거린다. 대화에 참여하고 싶어도 자신감을 잃고서 꾸어다 놓은 보릿자루처럼 우두커니 앉아 침묵하고 있다.

중국 당나라 시대의 대표적 시인인 두보는 인간은 모름지기 다섯 수레의 책을 읽지 않으면 제 구실을 할 수 없다며 독서의 중요성을 강조하였다. 이렇듯 독서의 효용과 필요성은 예로부터 강조되어 왔고 인생을 풍요롭게 보내는 지혜로 삼고 있다.

책은 인간에게 체험하지 못한 것을 얻을 수 있게 한다. 책은 인간의 존재를 크게 하며 인생이 무엇인가를 깨닫게 해준다.

공자는 '아는 것은 좋아하는 것만 못하고 좋아하는 것은 즐기는 것만 못하다' 는 식의 대구對句로 말의 패턴을 잘 이끌고 가는 것으로 유명하다. 상대에 따라 상황에 따른 말을 적절히 표현하는 것은 결국 지식의 발현이라 할 수 있다.

책을 통한 지식으로 대화에 자신감을 갖도록 하자. 그렇게 되면 점진적으로 대화가 발전되어 가면서 어느 싯점에 다다라선 당신이 대화의 주도권을 쥐고 있음을 발견하곤 스스로 놀라게 된다. 그 누구도 태어나면서부터 대화를 잘한 것이 아니다. 모두가 지식을 통한 훈련으로, 스스로의 노력으로 만든 것이다.

Remove an old tree and it will die.
늙은 나무는 옮겨 심으면 죽는다.

폭풍에 나뭇가지가 흔들리는 것은 나에게
새로운 일이며 이미 오래된 일이다. 그것이 나를 놀라게 한다.

이야기의 주제를 놓치지 말고 말하라

이야기의 주제를 잘 분류하라. 주제를 잘 분리하여 논리적으로
말하는 것에는 엄청난 차이가 있다는 것을 잊어선 안 된다.

이야기를 하다가 주제를 놓쳤다면 얼른 복귀해서 말해야 한다. 말을
잘하려고 힘쓰다 보면 오히려 주제를 놓치는 경우가 많다. 또한 많은 양
의 잡다한 이야기들을 모아 이야기하려다 보니 주제가 뒤죽박죽이 되어
자신도 모르게 대화의 혼란 속에 빠지게 되는 경우도 왕왕 있다.

원래 이야기의 주제라는 것은 이야기의 뼈대이자 이야기의 중심사상
으로 흔히 테마theme라고 부른다. 이야기의 중심사상이 되는 주제는 이야
기의 빈틈없는 요점이고 듣고 있는 사람에게 전하고 싶은 것이 종국적인
목표이다.

그리고 이야기의 주제를 잘 분류하라. 뒤죽박죽이 되어 말하는 것과
주제를 잘 분리하여 논리적으로 말하는 것에는 엄청난 차이가 있다는 것
을 잊어선 안 된다. 또한 될 수 있는 한 빨리 주제의 핵심으로 치고 들어
가야 한다. 이것이 말을 잘하는데 있어 황금률이다. 대화법에 있어 이 원
칙은 꼭 지켜져야만 한다. 핵심의 언저리에서 오랫동안 말하면 상대는
지금 당신이 무슨 말을 하려고 하는지에 대해 회의할 수 있다. 화려하고
현란한 말을 많이 하고 싶은 사람일수록 핵심으로 들어가는 시간이 늦

다. 서두가 끝나는 시점에서 바로 핵심으로 들어가는 것도 괜찮다.

일반적으로 사람들은 관심이 없는 주제에 대해선 대화를 계속할 이유가 없다고 생각한다. 그래서 주제는 상대가 관심이 있는 것이어야 한다. 상대방이 당신의 말에 관심이 없다면 아무리 열심히 설명해도 그 말이 전달되지 않는다. 어떤 노력을 해도 소용없다. 하지만 상대방이 당신의 이야기를 듣고 싶다면 당신의 말은 직접적으로 상대방에게 전달된다.

말을 잘 하는 사람은 천재성을 지녀 그런 능력을 보이는 것이 아니라 어떤 주제에 당면하게 되면 그 주제에 대해 공부를 하며 많은 준비를 했기 때문이다. 모든 정신을 그 주제에 몰입시키고 어떤 말을 해야 가장 적절한 표현으로써 상대방에게 의견을 전달할 수 있는지를 파악하고 있어야 하며 그 파악이 끝났을 때 비로소 대화에 접근하고 대화에 힘써야 한다.

말을 잘하는 사람의 면면을 살펴보면 그들은 나름대로 원칙이 있고 자신의 말에 대한 철저한 규칙이 있다. 아무렇게나 입에서 나와 하는 말이 아니다. 상대로 하여금 이해가 빠르게 접근하도록 하고 나의 이야기 속으로 끌고 들어오는 끌림의 힘이 있다.

그들의 이야기를 들어보면 전체적으로 잘 설계된 설계도면을 보는 것 같다. 전달하고자 하는 뜻이 아무리 급해도 전혀 서두르는 기색이 없다. 오직 기승전결을 통한 주제로의 접근만이 있을 뿐이다.

같은 주제와 내용이라도 남들이 단조롭고 맥 빠진 말투로 전달하는 것을 매혹적으로 표현해 낼 수 있는 능력을 키워야 한다.

"내가 사람을 시켜 말을 사러 보냈을 때는 말의 꼬랑지에 털이 몇 개 붙어 있는가를 알고 싶어서가 아니라 말의 중요한 특징이란 것을 아시

One swallow does not make a summer.
제비 한 마리 왔다고 여름이 되는 것은 아니다.

인내란 기다리는 것이며, 기원하던 것이 이루어지기를 바라는
것입니다. 반대로 조급함이란 기다리지 못하고 앞질러 행동해서
바라던 것이 이뤄지기도 전에 파괴해 버리고 마는 것입니다.

오."

링컨은 이렇듯 같은 요소의 말을 전달할 때 표현의 맥을 잘 짚어서 말
했다. 자연 상대는 그 말뜻을 잘 헤아려 판단할 수 있었다. 설령 직유라
할지라도 회화적인 요소를 포함하면 대화는 절로 훌륭하게 된다.

짧고 간결한 문장을 선택하여 말하라

가장 말을 잘하고 화술의 의지를 가진 사람들은
간결함의 장점을 가지고 있다.

대화를 간결하게 할 수 있는 능력을 가지고 있다면 이보다 좋은 화술
은 없다. 만일 한 문장을 끝내기 전에 숨을 쉬어야 한다면 그 문장은 너무
길고 또한 한 문장이 둘 이상의 하위 절[節]로 이루어져 있다면 그 역시 너
무 긴 문장이다. 긴 문장이라면 여러 개의 짧고 간결한 문장으로 나누어
라. 그리고 문장의 끝에서는 숨을 쉬도록 하라. 자신이 듣기에 답답할 정
도로 천천히 말하는 소리가 상대방에게는 가장 알맞은 속도일 수 있다.

말속에 미사여구를 너무 많이 넣으면 오히려 역효과를 가져올 수 있
다. 그것은 에토스와 로고스에 속하며, 평범한 말이 사람의 마음을 움직
이는데 더 큰 효과를 가져온다는 것을 알아야 한다. 에토스는 설득하는
사람의 인격과 직결되는 정신을 말하며 로고스는 논리적 뒷받침이 되는
이성을 말한다.

말은 무엇보다 그 내용이 중요한데 기승전결에 신축성이 있어야 하며
자신이 무엇을 말하고자 하는가가 분명해야 한다. 그럼에도 불구하고 사
람들은 간결하게 정리해서 말하는 것을 힘들어해 한다.

단순하다는 지칭이 두렵기 때문이다. 그러나 실제로는 그와 정반대이

다. 가장 말을 잘하고 화술의 의지를 가진 사람들은 간결함의 장점을 가지고 있다.

간결하게 이야기하려면 그럼 어떻게 해야 할까? 이야기의 초점을 응축할 수 있어야 하는 명제가 따른다. 가끔 이야기를 간결하게 해야 한다는 것을 의식해 너무 응축하다 보니 오히려 말의 뜻을 잘라버리는 결과를 낳아 무슨 소리를 하는지 모르게 하는 경우도 있다. 이 점만 조심한다면 이야기를 간결하게 만들어 이야기하는 것은 그다지 어려운 것은 아니라 믿는다.

단순하다는 것은 두 가지 의미를 지니고 있다. 단순하다는 지칭을 두렵다고 생각하는 것은 사람들이 단순함으로써 인식되는 부족함, 말솜씨가 없고 경력이 없기 때문에 일어나는 현상으로 생각하기 때문이다. 그러나 반대적으로 단순함의 장점은 군더더기가 없고 깔끔한 말솜씨를 가졌다는 인상을 준다.

어느 것이나 개인의 견해가 있으므로 사람마다 받아들이는 인식이 다른 것은 분명하나 그래도 과장하고 어렵게 말하며 길게 대화를 이어가는 사람의 말보다 훨씬 효과적이라고 나는 생각한다.

간결한 말은 마치 동양화의 여백이 여운을 주듯 듣는 사람으로 하여금 말의 의미를 되새길 수 있게 한다. 말이 길다고 감동을 불러오는 것은 아니다. 그렇다고 길게 말하는 것이 모두 나쁘다는 것은 아니지만 평상의 대화에서는 어찌 되었든 간결함을 토대로 대화를 이어가는 것이 바람직하다는 것이 내 견해다.

'사랑'이란 단어를 하나 선택하여 예를 들어보자.

이 한 단어에 무슨 쓸데없는 수식이 필요한가? 이미 그 단어 자체로

사랑이 포함하고 있는 의미와 뜻은 상대방에게 행복한 마음으로 전달된 것 아닌가?

말이란 벽에 걸어놓은 그림처럼 어느 정도 장식성이 있기 마련이다. 그런 것까지 외면하면서 무작정 간결하고 쉬운 말을 주문하는 것은 아니다. 경우에 따라서는 그런 장식성이 언어의 아름다움으로 부활될 만큼 멋지다면 말의 수사로 활용해도 괜찮다.

Light come, light go.
쉽게 얻는 것이 쉽게 없어진다.

인간의 완성이란 과연 개인의
행복 추구 속에만 있는가?

이야기할 때는 상대방의 눈을 바라보고 하라

눈은 입만큼이나 많은 메시지를 담고 있다.
말하는 사람의 시선에 따라 내용의 평가가 달라진다.

상대방을 똑바로 쳐다보고 말하는 것은 말하는 것에 대한 확신을 갖게 하는 것이며 개방적인 성격을 나타내는 것이다. 대화에 강한 의지가 있다는 것을 표명하는 것이기도 하다.

성공적인 대화를 위해 상대방과 눈을 맞추고 말하는 것은 대단히 중요한 일이다. 상대방과 눈을 맞추면 어느 자리, 어떤 경우에서나 상대방이 누구이든 간에 당신의 대화는 성공적일 수 있다. 신체 중에서 눈이 가장 자신을 잘 드러내는 기관이라 했잖은가. 눈을 바라보고 있으면 사람들은 자신이 관심의 대상이 되고 있음을 느낀다.

눈은 입만큼이나 많은 메시지를 담고 있다. 말하는 사람의 시선에 따라 내용의 평가가 달라진다. 시선이란 우리들이 생각하는 것 이상으로 많은 의미를 담고 있다.

자신이 조절할 수는 없지만 상대방은 나의 눈동자를 똑바로 보고 있다. 말을 듣는 사람은 또한 말하는 사람의 눈을 보고 있어야 한다. 듣는 사람의 언어의 신호가 바로 그 눈동자임을 잊지 마라. 그런데 간혹 대화중간에 말을 하거나 들으면서 시선을 다른 곳으로 돌리는 사람이 의외로

많다.

"상대를 너무 바라보면 상대가 부담스러워하지 않을까요?"

이런 염려가 시선을 피하게 하는 경우를 만드는데 눈을 바라보고 이야기하라는 것은 처음부터 끝까지 바라보고 하라는 것이 아니라 대화의 상당 부분을 그렇게 하라는 것이다.

대화는 눈을 맞추면서 하는 것이 좋다는 생각을 버려선 안 된다. 상대와 눈을 마주치는 것은 몸짓언어 중에서 가장 중요하다. 눈을 마주치고 이야기하면 진지함이 곁들여 상대를 신뢰할 수 있지만 시선을 고정시키지 못하고 산만하게 말하는 사람은 불안정해 보이며 지금의 대화에 진지함이 결여되어 있다는 판단을 하게 만든다.

눈을 마주치며 이야기한다는 것은 상대를 내 안으로 끌어들이는 것이다. 그리고 상대의 관심을 유지하려면 눈을 마주치며 이야기하는 동시에 다음에 어떤 화제로 대화를 이끌지에 대해서도 미리 준비하지 않으면 안 된다. 그러면서 상대가 알고 싶어 하는 것이 무엇인지를 빨리 간파하여 대화를 그쪽으로 끌고 가야 한다.

말은 입으로만 하는 게 아니라 눈으로도 한다. 말을 잘하는 사람은 눈으로도 말을 전한다.

History repeats itself.
역사는 같은 일이 되풀이되는 과정이다.

사람을 진실로 사랑한다는 것은 자아의 무게에
맞서는 것인 동시에, 외적 사회의 무게에 정면으로
맞서는 것이기도 하기 때문입니다.

자기소개는 분명하고 당당하게 표현하라

첫 만남에서 자신의 이미지를 남기기 위한 가장 좋은
방법은 자신의 이름을 상대방에게 기억시키는 것이다.

대화를 시작하기 전에 먼저 자기가 누구인지를 소개하고 왜 지금의
대화가 필요한지를 정확히 말해야 한다. 자신을 밝히는 것이야말로 서로
교감을 나눌 수 있는 아주 바람직한 과정이다.

사람은 여러 가지 상황에서 다양한 사람을 만나 교류하게 된다. 그 만
남과 교류를 원활하게 하기 위해서 필요한 것이 자기소개이다. 흔히 사
람들은 자기소개를 그저 이름을 대고 자신이 무엇을 하는 사람인가를 말
하는 것이 전부인 것처럼 생각하나 좀 더 인상적인 소개를 한다면 상대
에게 더 큰 관심과 호감을 얻을 수 있으리란 생각이다.

대체적으로 자기소개에는 기본형으로 등장하는 순서가 있다.

"안녕하십니까? 저는 ○○○입니다."

이때 이름을 밝히면서 자신의 이름의 뜻을 설명해 주면 좋다. 첫 만남
에서 자신의 이미지를 남기기 위한 가장 좋은 방법은 자신의 이름을 상
대방에게 기억시키는 것이다. 이름을 기억시킬 수 있는 가장 좋은 방법
은 자연스럽게 이름을 한 번 더 되뇌도록 유도하는것인데 가령 자신의
이름이 '정상인'이라면 이렇게 말한다.

"저는 정상인입니다. 비정상인 사람이 아니라 정상인 말입니다."

그러면 이 말을 들은 상대는 죽어도 자신의 이름을 잊지 않을 것이라고 믿어도 된다.

명함을 교환하고 만남의 필요성이 대두되어 오랜 시간을 함께 대화하면서도 정작 헤어질 땐 그 사람에 대한 인상은 물론 그 사람이 누구인지에 대해서도 확실하지 않는 경우를 우리는 경험으로 기억하고 있다. 그래서 다시 한 번 명함을 확인하고 그 사람의 특징을 떠올려 보려 애쓰는데 이것은 서로 간에 실망스런 일이 아닐 수 없다. 이런 사람들이 되지 않기 위하여 각별히 만남을 잘 추슬러야 할 필요가 있다.

다음은 왜 자신이 이 자리에 왔는가를 설명한다.

"오늘 저는 여러분과 무엇을 의논하기 위해서 왔습니다."

"저는 오늘 여러분들에게 무엇을 설명하기 위해서 왔습니다."

오늘의 미팅 목적이 무엇인가를 정확하게 설명하고 그리곤 침착하게 자신의 인상을 심어준다. 당황하거나 서두를 필요가 없고 그런 기색을 나타내지 않도록 당당함을 보인다. 그런 당당함이 당신을 기억하게 하기 위한 가장 중요한 요소가 된다.

"오늘 이 시간이 여러분과 만나 매우 뜻 깊은 시간으로 남길 바랍니다."

"최선을 다해 충실한 대화를 나누고자 합니다."

그리곤 본론으로 들어가 말한다. 본론에 들어가서 두서를 내두어 말의 요점을 정리해 간다.

"우선 제일 먼저 말씀드릴 것은……"

"다음으로……"

"마지막으로……."

이야기의 순서를 이렇게 명확하게 구분하고서 말하면 듣는 사람은 이 야기의 개요를 저절로 따라가 이해하게 되고 전체와 부분을 알게 된다.

A quiet conscience sleeps in thunder.
평온한 양심은 천둥이 쳐도 잠을 잔다.

사람이면 누구나 자신이 옳은 때를 안다. 그 시점에서는
이 세상의 그 어떤 지혜도 그를 계몽할 수 없다.

설득의 힘을 키워라

남을 설득하기 위해선 먼저 내가 이렇게 말했을 때
상대가 어떻게 반응하고 설득될 수 있는가를 생각해야 한다.

키케로는 '설득을 할 때는 사람들이 관심 있게 듣고 신뢰감을 갖는다. 그러나 적극적으로 수용하려는 마음가짐을 갖게 해야 한다'고 말한다. 그래서 남을 설득하기 위해서는 일단 관심을 끄는 일부터가 중요하다.

사실 말하긴 쉬우나 남을 설득시키는 것처럼 어려운 일은 없다. 설득은 남의 마음을 움직이게 하는 요소가 강한 것이기에 더욱 그렇다.

설명에는 능숙하면서 설득에는 서툰 사람이 있다.

"말뜻은 잘 알겠는데 나는 그렇게 할 수 없네."

이런 응답이 나오면 당신은 설명에는 성공했을지라도 설득에는 실패했다고 보면 된다.

남을 설득하기 위해선 먼저 내가 이렇게 말했을 때 상대가 어떻게 해야 한다는 명분이 뚜렷해야 한다. 그리고 결과에 대한 확신이 필요하다. 긍정적이어야 하며 상대가 자신의 말에 동의할 수 있도록 해야 한다. 그리고 상대방이 어떤 생각을 하고 있는지도 잘 파악해야 한다. 납득하지 않으면 상대의 마음은 움직이질 않는다. 공감할 수 있는 제시가 반드시 필요하다는 것을 기억하라.

설득이란 호소하는 수단을 통해서 상대방을 자신이 의도한대로 행동하게 하는 것을 말한다. 설득의 목적은 무엇을 하게 한다는 것으로서 단순 이해한다는 차원을 넘어 납득하여 받아들이게 한다는 것이고 납득한 것을 행동으로 옮기게 하는 것을 말한다.

또한 설득시키는 것은 협력을 구하는 일이다. 상대의 마음을 내 마음 속으로 끌어당겨 내 마음이 상대의 마음을 조종하도록 해야 한다.

그의 생각과 가치를 알아야만 그 안에 들어 있는 공통된 시각이 뭔지도 알 수 있으며 견해의 차이가 무엇인지 알 수 있다. 말하는 바를 상대방이 알아듣지 못하면 설득의 힘을 발휘할 수 없다. 그러기에 상대가 알아듣기 쉽도록 조리 있게 천천히 말해야 한다.

말 한마디에도 사람의 마음은 크게 달라진다.

말은 인간의 이성에 호소한다. 설득의 가장 중요한 요소는 말의 중심에 있다. 설득의 키워드는 급기야 신뢰를 통한 관심이 아닐 수 없다. 설득을 당한다는 것은 적어도 말하는 사람에 대한 공감이 전제되어야 한다. 그러지 않고서 설득이 이루어질 것이란 생각은 애당초 꿈꾸지 말아야 한다.

아무리 옳은 말이라도 상대가 받아들이지 않는다면 무슨 말의 의미가 있겠는가. 말은 설득이다. 인간은 프라이버시의 동물이기 때문에 그 자존심을 합리화시키며 상대를 설득시킨다는 것은 매우 어려운 일이다.

그러나 상황에 따라 다르다는 것을 알고 있어야 한다. 모든 경우에 다 들어맞는 규칙은 없다.

The end justifies the means.
목적이 수단을 정당화한다.

우리 인간은 자신을 선량한 존재로 보기보다는
불량한 존재로 여길 때가 더없이 나은 법이다.

말을 잘하기 위해서는 용기가 있어야 한다

수줍음은 단순히 말을 못하는 두려운 현상이 아니라
여러 사람들 앞에서 실수할지도 모른다고 두려워하는 심리 현상이다.

말을 할 때에는 용기에 따른 자신감이 있어야 한다. 여러 사람 앞에서 연설을 한다거나 그 어떤 대화를 주제할 때에 용기가 없으면 진정 하고자 하는 말을 제대로 할 수 없게 된다. 그러기 위해서는 평소 훈련을 해둘 필요가 있다는 것을 나는 강조하고 싶다.

말솜씨가 없어 고민하는 사람이 의외로 많다. 그렇다면 말을 잘 못한다는 사람은 언제, 누구에게, 무슨 이야기를 할 때 자기의 눌변을 의식하고 있는 것일까?

그들은 가족들이나 친구들과의 이야기에서 결코 말을 못하는 그런 사람이 아니다. 특별한 경우에만 자기가 말을 제대로 하지 못한다는 의식에 사로잡혀 있다. 그러니까 익숙함에서 벗어난 상황에서는 제대로 말을 못하는 문제점을 안고 있다.

그러나 이 문제는 충분히 조절이 가능하다. 그것은 일단 용기를 가지는 일이며 자기가 말을 못한다고 생각해 버리는 경우는 말하기에 앞서 말하는 목적을 분명히 파악하지 못한 채 이야기를 시작하기 때문인 만큼 말하기 전에 무슨 말을 해야 할 것인가를 미리 생각하면 된다.

수줍음은 단순히 말을 못하는 두려운 현상이 아니라 여러 사람들 앞에서 실수할지도 모른다고 두려워하는 심리 현상이다. 이런 우려를 극복하는 일에 용기가 필요하다고 말하는 것이다. 그깟 실수하면 어때? 하는 마음으로 대시를 하라. 그런 실수를 거치지 않고 단번에 그 어떤 경지에 오르려 한다는 것은 욕심이다.

나에겐 남에게 나서기만 하면 얼굴이 붉어지고 말을 더듬거리며 자신이 무슨 말을 해야 하는지도 모를 정도로 수줍음을 잘 타는 친구가 있었다. 그는 나를 만나면 항상 자신의 이런 결점에 대해 고민을 털어놓았고 나는 그럴 때마다 용기를 가지라고 말해주었다. 그러나 용기를 가지라는 나의 설득은 그에게 행동으로 옮겨지지 않았다. 참으로 답답한 일이 아닐 수 없었다. 이미 나는 스피치 전문가가 되어 있어 대중 앞에 나서는 일이 하나의 직업이 되어 있었기에 그 친구의 문제점이 일정 이해가 되면서도 이해되지 않았다.

나는 하나의 방법을 선택하기로 했다. 일단 두 세 명이 모인 자리를 만들고 거기서 가급적 그가 말을 주도하게끔 분위기를 만들어 갔다. 그러자 처음에는 두 세 명이 모인 것도 부담스러워 말을 더듬거리던 친구가 그런 일이 한 번, 두 번, 계속 되풀이 되자 말의 흐름이 달라지기 시작했다. 아니 종내는 많은 사람들이 모인 자리에서도 이전에는 보지 못한 자신감으로 능숙하진 않아도 주저하지 않고 자신이 하고자 하는 말을 잘해 나가고 있었다.

수줍다고 기죽지 마라. 용기를 내 말을 할 때에는 가슴을 넓히고 당당하게 하라. 가능한 한 숨을 크게 들이마시고 목을 옷깃에 단단히 붙인 다음 이런 자세에서 당당히 말하라. 흉곽을 넓히고 말하면 어느새 용기 있는 연설이 되고 있음을 스스로 느낄 수 있다.

말을 잘하는 비결이 있다면 그건 전적으로 용기이다. 용기야말로 말을 잘할 수 있다는 자신감이다. 비밀에 속할 일도 아니면서 비밀에 속하는 것이 바로 자신감이다. 화술에 능통하지 못한 사람은 거의가 수줍음 때문이다. 대중 앞에 나서기가 수줍은 사람은 일상생활에서도 남과 소통을 이루고 인간관계를 매끄럽게 이어가지 못한다.

"사람들 앞에 나서고 싶은데 그게 마음대로 되지 않아요. 얼굴이 발개지고 가슴이 떨려서 도저히 말을 못 하겠어요."

이런 하소연을 하는 사람의 공통적인 심리를 들여다보면 자신감의 결여가 크나큰 문제로 대두된다. 이런 사람들은 그런대로 일대일 대화에서는 차분하게 말을 잘하면서도 몇 명의 사람만 모인 곳에서 말을 하라면 주눅이 들어 뒷전으로 슬그머니 물러선다.

말을 하지 않고는 말을 잘할 수 없다. 웃음은 웃는 횟수에 정비례하듯이 말도 하면 할수록 늘게 된다. 다른 사람에게 자신을 드러내면 그에 대한 반응으로 다른 사람들도 마음을 열게 된다.

Company in misery makes it light.
슬플 때 친구가 있으면 슬픔이 가벼워진다.

인간은 약하다고 말하는데 무엇을 뜻하는 것이겠는가?
약하다고 하는 이 말은 하나의 상대적 관계를, 즉 그 말이
적용되는 자의 어떤 관계를 나타내는 것이다.

자신감을 가지고 당당하게 말하라

자신감을 갖는 최선의 방법은 정말로 하고 싶은 얘기에 대해
많은 준비를 하는 것 이외엔 다른 것이 없다.

말을 한다는 것은 사람들 앞에서 자신이 어떤 사람인가를 나타내는
행위다. 따라서 자신감을 가지고 당당하게 말할 필요가 있다. 하지만 어
떠한 사람도 자신감을 일관되게 보여주는 사람은 없다. 때론 당당하기도
하지만 장소와 분위기에 따라서 매우 소극적이 되기도 한다.

미국의 심리학자인 윌리엄 제임스 교수는 이렇게 말했다.

"행동이 감정을 쫓아오는 것 같으나 행동과 감정은 실제 함께 일어난
다. 그렇기 때문에 더욱 직접적으로 의지의 통제를 받는 행동을 조절하
면 의지의 통제에서 먼 감정을 간접적이나마 조절할 수 있게 된다. 그래
서 즐거움이 사라졌을 때 즐겁기 위한 최고의 자발적인 방법은 이미 즐
거운 것처럼 행동하고 말하는 것이다. 하지만 용감하다고 느끼기 위해선
이미 용감한 것처럼 당당하게 행동하라.

모든 의지를 그 목적에 사용하라. 그러면 확실하게 용감함이 솟구쳐
두려운 감정을 대신하게 될 것이다."

두려움은 누가 떨쳐주는 것이 아니라 스스로 부딪혀서 고쳐야 한다.
사람들과 계속 만나고 그 두려움에 익숙해져야 한다. 그것은 남이 대신

해 줄 수 있는 일이 아니다.

그러나 뭐니 뭐니 해도 자신감을 갖는 최선의 방법은 여러분이 정말로 하고 싶은 얘기에 대해 많은 준비를 하는 것 이외엔 다른 것이 없다. 자신감 있는 반응을 보일 수 있는 상황을 늘려가야만 한다.

자신감을 가지고 당당하게 말하는 것은 자신의 감정과 생각, 소망에 대해 직접적으로 표현하는 것을 말한다. 자신의 권리를 내세우는 것이기도 하지만 타인의 권리나 감정을 고려하는 것이기도 하다.

자신감 있게 말하고 행동하면 모든 일에 굳은 확신을 가질 수 있다. 자신감은 가능성을 만들고 그 가능성은 꿈과 희망을 몰고 온다. 자신감은 또한 능력의 언어를 만들고 당당함을 가지게 한다.

If at first you don't succeed, try, try again.
처음에 성공하지 못하면 다시 시도하고 시도하라.

행복은 언제나 미래가 아니면 과거 속에 있으며 현재는 마치
햇살을 담뿍 받은 벌판에서 바라보는 한 조각 뜬구름처럼 앞뒤가
환히 비쳐 보이지만 그 자체는 언제나 그림자를 비치고 있다.

상대에 따라 칭찬의 내용이나 방법이 달라야 한다

에너지의 효과를 기대할 수 있는 것이 칭찬이고 보면
칭찬에 인색해질 필요가 없다.

칭찬은 고래도 춤추게 한다는 말이 있다. 그만큼 칭찬에 들뜨지 않는 사람이 없다. 왜냐하면 칭찬은 자신의 존재 가치를 인정하는 것이며 자존심을 높여주는 행위이기 때문이다. 그리고 '다른 사람에게 인정을 받고 싶다'는 욕구가 충족되기 때문에 기분의 상승작용을 가지고 온다.

칭찬은 그 누구에게나 저항감 없이 받아들여진다. 칭찬을 듣는 것보다 기분 좋은 일은 없다. 이는 칭찬을 거부하는 사람이 없다는 뜻이며 칭찬을 받는 그 순간에 느끼는 좋은 기분은 영원토록 기억에 남는다. 단 한마디로 엄청난 에너지의 효과를 기대할 수 있는 것이 칭찬이고 보면 칭찬에 인색해질 필요가 없다.

칭찬은 결코 거창한 것이 아니다. 아주 소소한 것일지라도 상대방의 좋은 인상과 좋은 행동을 있는 그대로 표현하면 된다. 그것이 바로 칭찬이다.

그러나 단순 칭찬을 위한 칭찬에 그쳐선 안 된다. 칭찬은 진심에서 우러나와야 한다. 그러지 않으면 칭찬을 오히려 비아냥거림처럼 생각할 수 있다. 남이 나를 칭찬하면 기쁘고 남이 나를 험담하면 불쾌한 것이 인

지상정이다. 그러나 진정 칭찬을 받을만한 일이 아니거든 남의 칭찬을 기뻐해서는 안 된다. 또 남의 험담이 있을 경우에는 그것이 사실이건 사실이 아니건 자기를 돌아볼 필요가 있다. 남이 나를 비난했다고 화를 내어서도 안 된다. 대개 비난을 위한 비난으로 보이는 경우라도 그 비난 속에는 반드시 그만한 근거가 있는 법이기 때문이다.

칭찬이 좋다고 해서 어떤 사람에게든 동일한 칭찬을 할 수는 없다. 상대의 지위나 인격에 따라 내용이 다르고 칭찬하는 방법이 달라질 수 있다.

아랫사람이 윗사람에게 칭찬하는 것은 대단한 실례다. 칭찬대신 존중의 표시가 되어야 하고 그것을 전달하는 방법도 한껏 예가 갖추어져야 한다. 그럼에도 불구하고 칭찬이라고 해서 무조건 하는 사람들이 많은데 상대에 따라 신중함이 깃들지 않으면 안 된다.

그러나 아랫사람이거나 동등한 위치에 있는 사람에게 건네는 칭찬은 한껏 해도 무방하다.

The course of true love never did run smooth.
진실한 사랑의 길은 순탄한 적이 없다.

인류에게 어리석음은 스핑크스나 마찬가지다.
어리석음은 인생에서 좋은 것과 나쁜 것, 그리고
좋지도 않고 나쁘지도 않은 것을 이야기하는 수수께끼다.

말을 하기 전에 미리 생각하라

말을 하기 전에 어떠한 주제를 선택할 것인가를
미리 생각해 두는 것은 대화에서 기본에 속하는 일이다.

세상에서 가장 똑똑한 사람이라 할지라도 입을 열기 전에는 어떻게
말해야 할지를 고민해야 한다. 그래야만 효과적인 말을 전달할 수 있다.
유식하다고 해서 말을 능숙하게 조리 있게 할 수 있다는 생각은 잘못된
생각이다.

말을 하기 전에 어떠한 주제를 선택할 것인가를 미리 생각해 두는 것
은 대화에서 기본에 속하는 일이다. 그러지 않으면 이야기가 주제를 잃
고 두서없는 이야기로 흐르기 쉽다. 또한 대화를 할 때는 자신의 말이 상
대에게 어떤 영향을 미칠지에 대한 생각도 항상 염두에 두고 해야 한다.
단어 구사에 있어 상대와의 대화에서 적절한 것인지도 생각해야 한다.
나만 좋다고 떠벌이듯 말하는 것은 진정한 의미에서 말이 아니며 대화의
속성은 더더욱 아니다.

앙리 드 레니에는 '무슨 이야기를 하기 전에 생각할 여유가 있거든 그
것이 말할 만한 가치가 있는가 없는가, 말할 필요가 있는가 없는가를 먼
저 생각하라'고 했다. 이 말은 대단히 중요한 말이다.

미리 생각하지 않고 말을 했을 때 저지르는 말의 실수는 의외로 상대

방이나 자신에게 큰 상처로 나타날 수 있다. 말할 만한 가치가 있는가 없는가, 말할 필요가 있는가 없는가를 먼저 생각하라. 심리학에 있어서 실수는 단순한 우연이 아니라 반드시 그 원인이 있다고 한다.

그리고 아무리 자기가 좋아하는 분야라 할지라도 추상적인 이론만을 전개하지 마라. 그러면 듣는 사람들은 금방 싫증을 나타내고 지루해 한다. 상식에 속하는 말이지만 말에는 서론이 있고 본론이 있으며 결론이 있다. 여기에 입각해서 말하는 것이 말의 기본이다.

서론은 듣는 사람으로 하여금 지금부터 무슨 이야기를 듣게 하는가 하는 내용을 대략적으로 설명하는 부분을 말한다. 본론은 말의 중심이 되는 부분으로 주제를 전개하는 것이며 결론은 앞에서부터 전개해 온 이야기를 총괄해서 결말을 짓는 것을 말한다. 이 3단계 구성법을 잘 이용해야만 자신이 말하고자 하는 모든 말들을 완전하게 매듭지을 수 있다.

He travels the fastest who travels alone.
혼자 여행하는 사람이 가장 빠르게 여행하는 사람이다.

우리는 생각할 시간이 필요하다. 자신을 비추어 보는 혼자 있는 시간이 필요하다. 느슨하게 맺혀 있는 진짜 나의 상을 바라보고 우리가 겪고 있는 이 혼란의 의미를 파악하는 시간이.

중요한 생각의 앞과 뒤에서는 잠시 숨을 고르고 말하라

말의 쉼표를 찍어가며 이야기하라.
화법은 이야기의 효과를 높이는데 있다.

말을 할 때에는 막간이 있어야 한다. 이 막간은 말하는 사람이 숨이 차서 숨을 고르기 위해 하는 것이 아니라 이야기에 여운을 남기거나 상대방에게 동의를 구하고자 할 때, 그리고 중요한 생각을 정리할 때 필요하다.

막간을 이용, 생각을 정리하여 무엇을 말하고 무엇을 삭제해야 하는지를 판단한 뒤 확실하게 말하라. 중요한 말을 할 때 잠시 숨을 고르고 말하는 것은 듣는 사람에게도 이야기의 여운을 남길 수 있어 좋고 동의나 납득을 구하는 수단이 되기도 하며 듣는 사람의 긴장을 고조시켜 나의 말을 열심히 듣게 하기도 한다.

말의 쉼표를 찍어가며 이야기하라. 화법은 이야기의 효과를 높이는데 있다. 상황에 따른 방법론이기도 하지만 다양한 선택과 기술이 요구되는 것은 바로 이러한 요소가 요구되기 때문이다.

빨리 구사하는 것만이 말의 능사가 아니다. 말은 상대가 어떻게 이해하면서 받아들이는가에 따라 달라지는 것이기 때문이다.

중요한 이야기일수록 정리된 말로 해야 한다. 중요한 말이라고 해서 신경을 곤추 세우고 말하다 보면 자신도 모르게 에둘러 말하는 경우가 많으며 상대는 당신이 말하는 뜻의 요점을 알지 못하고 애매한 상태에서 듣게 된다. 애매한 상태에서 들은 말을 중요하게 받아들일 수 없는 것은 자명한 일이다.

당신의 이야기는 간단명료하게 표현하는 것이 좋다. 요점을 정확하게 전달하고 차분하게 말하는 것이 좋다. 괜히 자기표현에 흥분하여 큰소리로 말하면 상대방은 이내 불안을 느끼게 되어 당신이 말하려는 의도가 무언지 모르게 된다.

다시 한 번 말하거니와 중요한 생각의 앞과 뒤에서 잠시 숨을 고르고 이야기를 잘 정리해서 차분하게 말함은 대화에서 꼭 필요한 요소다. 이 요소가 얼마나 중요한 것인가를 짐작하고 이를 잊지 마라.

He who begins many things finishes but few.
많은 것을 시작하는 사람은 끝마치는 것이 별로 없다.

타인을 자기 자신처럼 사랑한다는 것은 자신을
타인처럼 사랑한다는 말이 포함되어 있다.

내 주장의 장점을 이해시켜라

내 주장의 장점을 이해시킨다는 것은 내 본연의 자세와 그것을 실천하는
역성의 본말에 얼마나 충실한 사람인지를 인식시키는 일이다.

화술에서 가장 중요한 것은 나의 특징이 아니라 내 주장의 장점을 말
하는 것이다. 그러나 장점을 말한다고 하면서 자기 자랑과 자신의 권위
를 내세우려는 사람이 의외로 많음을 볼 수 있는데 그것은 지인의 경력
을 과시해서 자신의 격을 올리려는 형편없는 사람이다.

"내 후배 가운데 일류대학을 나오고 유학을 다녀와서 교수가 된 친구
가 있는데 그 후배는 나를 잘 따르지."

이런 말은 경력과 지위만으로 상대를 판단하는 것처럼 보여 상대방에
게 불쾌감을 주기 쉽다. 이미 말의 주제를 이탈했을 뿐만 아니라 이는 자
신의 무능을 단적으로 나타내는 것이기도 하다. 꼭 남에게 내세울 것이
없는 사람들이 보통 자기 지인을 내세워 마치 자기 자랑인 것처럼 자랑
한다.

그러나 내 주장의 장점을 이해시킨다는 것은 그런 것이 아니라 내 본
연의 자세와 그것을 실천하는 역성의 본말에 얼마나 충실한 사람인지를
인식시키는 일이다.

가령, 내가 무엇을 가르치려 하거나 무엇의 동의를 구하고자 할 때 그

것들의 핵심, 즉 내가 말하는 것들 속에는 당신에게 왜 필요하고 좋은 것인지를 인지시키는 방법이다. 모든 사람들의 유형은 바로 이러한 핵심을 가장 필요로 하고 있고 원하고 있으며 또한 가장 빨리 받아들이게 되어 있다.

분명하게 알아둘 것은 내 장점을 말하는 것과 내 주장의 장점을 말하는 것을 혼돈하지 말라는 것이다. 이것은 동의어도 동의음도 아니다. 분명히 다른 것이고 또한 상대방이 이를 누구보다 재빨리 간파한다.

그래서 말을 조리 있게 잘 한다는 것이 어렵다. 그렇기 때문에 이런 혼돈을 피해 요점을 정확히 인지하면서 내 주장을 설득력 있게 펴나간다는 것이 대화의 기술이라고 말하는 것이다.

말은 기술이자 능력이다. 사람들마다 사람으로서의 유형이 모두 다르듯 말 또한 어떤 말이냐에 따라서 유형이 다르다. 그것을 필요에 맞는 이야기로 조절하고 선택해서 그 말의 모형을 철저히 지켜나가고 거기에 자기주장의 장점을 부각시켜 말한다는 것은 사실 생각처럼 쉬운 일은 아니다.

당신의 주장을 듣고 상대방이 침을 꼴깍 삼키도록 하라. 밥상을 차려놓고 이것을 먹어라 하고 강요할 것이 아니라 수저를 들고 밥상으로 다가서도록 만들어라. 밥상에 무엇을 차려놓아 상대방으로 하여금 침이 생기게 하는 것은 전적으로 밥상을 차린 사람의 몫이 아닌가. 먹을 만한 음식이 당신 이야기에 대한 주제의 장점이 된다는 것을 기억해야 된다.

자기주장의 장점을 남에게 빨리 인지시키는 사람일수록 능력이 뛰어난 자이고 설득력이 강한 사람이며 또한 화술이 뛰어난 사람이다.

자기에 관한 장점이나 자랑은 그런대로 할 수 있다. 이미 드러난 사실을 있는 그대로 설명하면 되기 때문이다. 그러나 자기주장의 장점을 이해시킨다는 것은 그 주장이 요구하는 요소가 다양하게 나타나기 때문에 이를 집약시켜 설명한다는 것은 그리 쉽지가 않다. 또한 자기주장은 매우 주관적인 요소가 강하기 때문에 이를 보편적인 인식으로 장점화하기는 생각보다 어렵다.

내 주장의 장점을 잘 이해시키는 사람은 능력이 뛰어난 사람이다. 어느 자리에서건 자신의 소견을 당당히 드러내 자신의 면모를 확실하게 드러낼 수 있는 사람이다.

The coward is foiled by his faint heart.
겁쟁이는 연약한 마음 때문에 실패한다.

낮과 밤은 겉으로는 적이지만 동일한 목적에
이바지하고 있고, 서로의 일을 완성하기 위해
밤과 낮은 서로 사랑하고 있다.

제3자의 말을 인용하라

> 좋은 문장을 짓는 사람이나 좋은 말로 연설을 하는 사람들의 특징은 남의
> 이야기를 차용하여 그 글과 말에 대한 신뢰와 이해를 높이는 데 활용한다.

제3자의 말을 인용하여 말을 하면 리얼리티가 생겨나 상대에게 전달하려는 메시지에 힘을 준다. 즉 객관적인 사실이 말의 신뢰도를 높여주게 된다.

좋은 문장을 짓는 사람이나 좋은 말로 연설을 하는 사람들의 특징은 남의 이야기를 차용하여 그 글과 말에 대한 신뢰와 이해를 높이는데 활용한다는 점이다.

말의 주제에 맞는 글의 인용, 그 적절함의 비유가 듣는 이로 하여금 빠른 이해와 흥미를 가지게 할 수 있으며 그런 사람들에게 일반적인 사람들이 보내는 찬사는 '참, 저사람 말을 정말 잘해.' 라는 것이다.

일단 말을 잘한다는 인식을 가지게 하는 것은 나라는 사람의 가치를 높이는 일이고 나의 말을 경청할 수 있다는 믿음이 생긴 것이며 내가 누구인가를 기억시키는 일이다.

남의 말을 인용한다는 것을 두고 가끔 사람들은 남의 생각을 모방한다는 인식을 가지고 있는데 그건 그렇지 않다. 남의 생각을 나의 생각에 접목시켜 이해를 끌어내고 인지시키기 위한 하나의 방편으로서 활용하

는 것일 뿐이다.

내가 무엇을 말함으로써 그것을 상대방이 이해하기 까지는 다소 시간이 걸린다. 하지만 남의 말을 인용하여 내가 말하고자 하는 것을 비유해서 말하면 이해하기까지의 시간이 단번에 해소되는 경우가 많다. 이는 왜 그런가? 그 사실이 검증되었기 때문이다. 그 말의 뜻이 이미 많은 사람들에게 동의가 되었기 때문이다.

내가 아는 사람 중 한 사람은 얼마나 말을 잘하는지 모른다. 그가 적재적소의 필요한 부분에 끌어다 쓰는 단어라든가 문장은 절로 탄성을 자아내게 할 정도다. 그래서 저 사람이 말을 잘 하는 특징이 뭔가를 유심히 살펴본 결과 그 이유는 간단했다. 대문호라든가 유명한 연설가의 연설 내용을 상당히 많이 기억하고 있어 자신의 주장을 펴나가면서 절묘한 타이밍으로 그들의 말을 빌려다 쓰는 것, 그것이었다.

A cat may have look at a king.
누구나 그 나름대로의 권리는 있다.

> 성급한 것이 인생을 해결하는 지름길인 듯 보일지
> 모르지만 인생은 역시 참는 자, 다시 말해 길게
> 숨을 쉬는 사람만이 최후의 승리자가 될 수 있다.

102

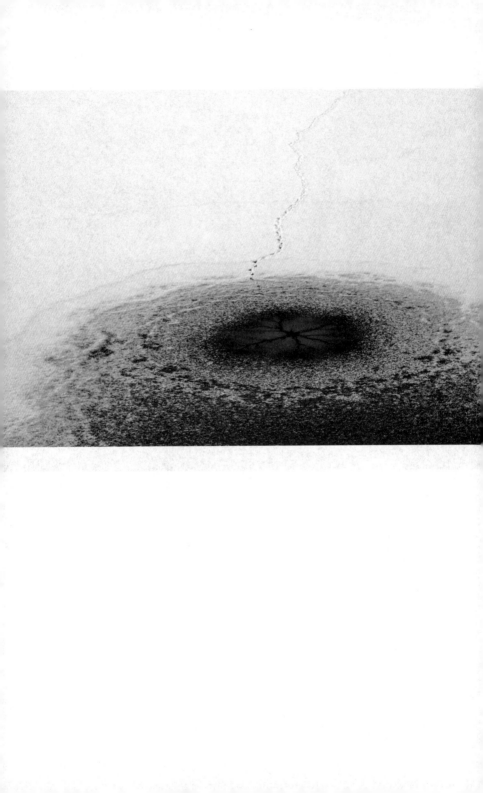

상대방에게 유익한 말을 하라

상대방에게 유익한 말을 건넸을 때
상대방의 마음은 굳이 헤아릴 것도 없이,
상대방의 표정은 살필 것도 없이 그 반응은 이미 결정되고 있다.

사람의 심리는 플러스 요인과 마이너스 요인을 동시에 지니고 있다. 그러므로 어떤 이야기인가에 따라 그 사람의 심리가 극과 극의 심리로 바뀌게 된다.

상대방에게 유익한 말을 하자. '진정으로 한 말은 마음에 가 닿게 된다' 라는 격언이 있다. 느낀 것이라든가 눈에 비친 것을 자기 말로 자연스럽게 표현하는 것이 말의 기본이라면 그것을 토대로 느낀 것과 본 것에 대한 말로 상대방에게 유익한 말을 건네야 한다.

상대방에게 유익한 말을 건넸을 때 상대방의 마음은 굳이 헤아릴 것도 없이, 상대방의 표정 또한 살필 것도 없이 그 반응은 이미 결정되고 있다. 그 자체 속에 이미 상대방의 기분은 나른하게 녹아 있어 그 눈길로 당신의 다음 이야기를 기다리고 있다.

대화에도 질이 있다.

헛되고 헛된 이야기가 대화의 본질을 퇴색시키는 일이 다분히 있다.

상대방의 입장과 기분은 고려하지 않고 자신의 입장을 내세우기 위해 입에 침을 뒤기는 사람이 있다.

오랜 시간 대화를 나누었음이 분명한데 상대방과 헤어져 돌아올 때 그 시간동안 그 사람과 무슨 대화를 나누었는지 하나도 기억할 수 없는 경험을, 그리하여 개운치 않은 기분을 마른기침으로 토해낸 사람도 여럿 있을 것이다.

대화의 본질은 그 대화를 통해 얻을 수 있는 유익함이다. 종류는 다양하나 유익함을 벗어나서 이루어지는 대화는 속된 표현으로 별 볼일 없는 대화다. 그런 별 볼일 없는 대화는 나와 상대방의 교감에서 이미 벗어난 일이고 서로의 교감이 이루어지지 않았다는 것은 여태껏 나누었던 대화를 인정할 수 없다는 뜻이 된다.

대화를 나누었으면 유익함을 전하고 유익함을 받아야 한다. 그러지 못하면 대화의 단절을 겪게 된다. 대화의 단절은 결국 소통을 잃어버리게 되는 것이고 아울러 그 사람을 잃어버리는 것이 된다.

Every potter praises his own pot.
모든 옹기장이는 자기가 만든 항아리를 자랑한다.

마을 우편배달부가 눈 속을 사박거리며 걸어오는
발자국 소리도 독특한 매력이 있다. 반갑고 궂은 소식,
아득히 먼 세계가 이 소리와 함께 들려온다.

대화에 적절한 사례를 넣어 구체적인 이미지가 떠오르게 하라

말은 교감이다. 교감이 나타나려면 상대의 말을 먼저 이해할 수 있어야 하고 이해를 빠르게 하려면 이미지가 선명해야 한다.

이야기가 움직이고 흐름을 이어가며 적절한 사례가 가미되는 대화는 호기심을 유발한다.

"내 주위에 있는 어떤 사람에게 그런 일이 있었어."

"그 얘긴 남의 이야기가 아니라니까! 지금 내가 말하는 게 바로 그거야."

그리곤 그 사람의 이야기를 진지하게 말하며 자신이 말하고자 하는 말에 대입시킨다. 그러면 상대는 이것이 상상에서 일어나는 일이 아니라는 것을 깨닫고 대화 속으로 관심 있게 다가선다.

사례는 현실감각을 주입시킨다. 얼마든지 주변에서 일어나 경험할 수 있는 일이며 공상에서 벌어지는 일이 아니라는 것이 전제되는 대화는 자연 흥미를 반영하며 진지함 속으로 빠져들게 되어 있다.

이미지는 곧 연상이다. 상황이 파노라마처럼 연상이 되면 그것은 하나의 스토리가 되어 나타나 흥미가 보태진다.

대화의 기술은 이렇듯 어떻게 말하느냐에 따라 다르다. 상황에 따라 여러 가지로 나타나는 대화의 기술에 결정적인 방정식을 논할 수 없지만 말의 모형은 변하지 않는다는 것을 기억하고 있어야 한다. 굳이 대화의 메커니즘이라 말한다면 말이 무엇이냐를 얼른 이해하면 된다.

말은 교감이다. 교감이 나타나려면 상대의 말을 먼저 이해할 수 있어 야 하고 이해를 빠르게 하려면 이미지가 선명해야 한다. 그 정도다. 이 정도면 대화의 기술이 뚜렷하다. 그런데 우리는 이 정도를 어려워하며 대화의 기술을 습득하고자 한다.

생각이 이쯤에 다다르면 대화의 기술에 관한 책이 필요 없다고 덮어 버리는 사람이 나타나게 된다. 그러나 단순함 속에 깃든 그 오묘한 기술 이 별 것 아니면 아닐 수 있는 그런 작은 것이 결국 대화의 기술을 낳고 말을 잘하는 사람과 그렇지 못한 사람을 구분시킨다면 여러분은 어쩔 것 인가. 여전히 책을 덮을 용기를 진행할 것인가?

우리 몸에 퍼져 있는 모세혈관은 수도 셀 수 없을 만큼 많지만 인간의 몸을 지탱하기 위한 피돌기를 하기 위해 필요한 것인 것처럼 말 또한 다 양하게 상황에 따라 나타나 기술을 필요로 하지만 결국 뜻을 전하기 위 함이다.

Too much humility is pride.
지나친 겸손은 오만이다.

산다는 것은 매일매일 치료하고 새로워지는 것인
동시에 다시 한 번 자신을 발견하고 되찾는 일이다.

상대방에게 중요한 사람이라는 것을 인식시켜라

단단한 화술을 지닌 사람은 자신이 상대방에게
중요한 사람이라는 것을 인식시킨다.

어떤 사람을 만나 대화를 나누게 되면 '아, 이 사람은 내 인생에 커다란 영향을 끼칠 사람이구나' 하는 느낌을 받는 경우가 있다. 아울러 상대방의 입장에서 또한 내가 그러한 사람이 될 수도 있다.

사람과의 만남은 전혀 예상하지 못했음에도 내 인생에서 상당히 중요한 계기로 만들어질 수 있다. 그러나 비즈니스를 통함도 그렇고 인간적인 만남을 통해서도 그렇고 이런 느낌을 전하고 전달받을 수 있는 사람을 만난다는 것은 그리 흔치 않다. 그 흔치 않음을 만들어 가는 것이 결국 나 자신을 성공으로 이끌어 가는 힘이 된다.

하지만 그런 사람까진 아니더라도 그러한 요소를 간직하고서 그 자리를 리드하는 사람을 간혹 볼 수 있다. 이런 사람의 능력의 토대는 바로 자기를 인식시키는 일에 능하고 그것이 상대방에게 중요한 사람이라는 것을 더불어 느끼게 하는 힘을 지니고 있다.

이것 또한 그 사람만이 지닌 장점일 수 있고 능력일 수 있으며 만일 그것이 대화의 기술로 습득한 것이라면 더할 나위 없이 가치적인 것이 될 수 있다.

대화를 잘하는 사람은 천부적인 소질로 태어나는 경우도 있다. 하지만 후천적인 소질로 자신의 능력을 개발시켜 성공하는 사람이 더 많다. 인생은 조율하며 살아가는 것이지만 말은 만들어 가는 것이다. 기승전결을 토대로 단단한 건축물을 만들어 가듯 만들어 가야 한다.

이런 단단한 화술을 지닌 사람은 자신이 상대방에게 중요한 사람이라는 것을 인식시킨다. 그 또한 대화의 기술임을 알고 있는 그 사람은 이것을 자신의 힘으로 삼고 있다. 아무리 자신이 중요한 위치에서 능력을 담보하고 있는 사람이라 할지라도 상대방에게 그러한 사람임을 인식시키지 못하면 여러 모로 손해를 입게 된다.

자신의 능력은 스스로 향상시키고 만들어 가는 것, 그 중심에 말이 있다.

Man's life is a progress, and not a station.
인생은 전진이지 정지가 아니다.

인간이 가장 위대할 수 있는 것은 강함과
약함을 함께 지니고 있기 때문이다.

상대의 마음을 움직여라

상대의 마음을 움직이려면 자신의 이야기를
꾸밈없이 솔직하게 표현하는 기술이 필요하다.

상대의 마음을 움직이려면 마음을 움직일만한 그 무엇이 있어야 한다. 무조건 대화를 이어간다고 상대의 마음이 움직여지는 것은 아니다.

상대의 마음을 움직이려면 자신의 이야기를 꾸밈없이 솔직하게 표현하는 기술이 필요하다. 그리고 감정이 살아나게 해야 한다. 감정의 변화가 생기지 않고서 마음이 움직여지길 기대하는 것은 무리다. 감정은 생각에서 비롯되고 그 생각은 이성적인 것이 토대가 되어 생겨난다.

상대의 마음을 움직이게 하는 방법 중에 가장 좋은 방법은 상대의 말에 맞장구를 치면서 대화가 진행되고 있는 동안 내내 관심을 보이는 일이다.

"아, 그래요?"

"그래서 어떻게 되었는데요?"

"그렇군요."

이렇듯 상대의 말에 맞장구를 치는 것은 대화를 이끌어 가는 힘을 보 탠다. 그렇다고 해서 지나친 맞장구를 치는 것은 오히려 역효과를 가져 오니 적당한 맞장구로 분위기를 유도하라. 모든 일이 과한 것은 화를 불 러올 수 있다.

가만히 있더라도 그 사람이 있다는 사실만으로 괜히 즐겁고 마음이 밝아지는 사람이 있다. 이는 그 사람 전체에서 풍기는 여러 가지 요소가 작용하는 것이지만 그 가운데서도 항상 웃는 얼굴로 남을 대하는 표정이 가장 큰 작용을 한다. 상대의 마음을 나한테로 다가오게 하는 요소 가운 데 웃는 얼굴은 상당히 중요하다.

마음은 감정의 작용에서 나타나는 것이기 때문에 때론 부드럽게 움직 이기도 하지만 때론 단단한 화석이 되어 꼼짝없이 그대로 머물러 움직일 줄을 모르기도 한다.

Everyone rakes the fire under his own pot.
누구나 자신의 솥 밑으로 불을 긁어모은다.

나는 점점 가까워 오는 나의 늙은 시기를 누구에게
의탁할 것인가를 생각해 본 적이 있다. 나는 사방을
살핀 뒤에 헌 셔츠 하나를 걸친 자신을 발견하였다.

말에 감정과 마음을 담아라

감정과 마음이 담긴 말을 만들라. 어떤 방법을 통해서든
말에 감정과 마음을 담아 그 말이 지닌 참뜻을 전하라.

인상 깊게 이야기한다는 말을 들으면 그것은 감정을 담아 말했다는 뜻으로 해석하면 된다. 어떤 말이든 말하는 사람의 감정이 담아있지 않으면 올바른 이야기로 전달되지 않는다. 그렇다고 해서 감정이 너무 지나쳐 말하게 되면 듣는 사람이 거북하고 자신의 감정에 치우친 나머지 말하고자 하는 주제에서 벗어날 수 있다.

말은 참 복잡하고 여러 경우의 수를 지니고 있다. 복마전을 벌이듯 감정과의 싸움에서 성립되는 것이기에 때론 칼이 되기도 하고 창이 되기도 하며 따뜻한 물이 되기도 하고 차가운 얼음이 되기도 한다.

말은 조심스럽게 다루어져야 하는 귀한 도자기와 같다. 말이 깨지면 비수와 같은 예리한 칼날로 변하고 정성스럽게 다루어지면 박물관으로 가 귀한 대접을 받을 수도 있다.

말의 에너지는 감정으로부터 생겨난다. 말의 심성은 내가 지닌 마음에서 솟아난다. 말 자체로만 본다면 그것은 그저 소리에 지나지 않는데 내가 원하지 않는 음악은 소음에 지나지 않듯 내가 듣고 싶지 않은 말 역시 소음에 지나지 않는다. 감정과 마음은 말의 혼이 되는 것이며 그 혼이

빠져나갔을 때 그 말이 온전하게 살아있을 리 없다.

감정과 마음이 담긴 말을 만들라. 뜻 없는 소리가 내 입에서 퍼져나와 공허한 메아리가 되지 않게 하라. 어떤 방법을 통해서든 말에 감정과 마음을 담아 그 말이 지닌 참뜻을 전하라.

말이 뜻을 전하면 세상에 거두지 못할 것이 없다. 말로 시작해서 말로 매듭을 지닌 것이 인간의 삶의 전형이다. 글로서도 자신의 의사를 전달할 수 있지만 전달의 모체는 말이 우선이지 글이 아니다.

소리에는 뜻이 없지만 말에는 뜻이 담겨 있다. 소리가 그 자체로 남겨진 것이라면 말은 그 자체에 온기를 담은 것이다. 아무리 주장해도 과하지 않은 것이 말에 감정과 마음을 담으라는 것, 생명 없는 나무는 썩게 되어 있잖은가. 말도 마찬가지이다.

Think today and speak tomorrow.
오늘 생각해서 내일 말하라.

현재 아직 나타나지 않은 불확실한 일에 대해서
미리 걱정할 것은 없다. 불행의 가능성을 미리
생각하고 걱정한다 해서 좋게 되지는 않는다.

대화에도 전략을 세워야 한다

말하기에 앞서 무엇을 어떻게 말해야 할 것인지
신중하게 파악하고 전략을 수립해라.

대화의 기법에는 하나의 틀이 갖추어져 있어야 한다. 무조건 말을 한다고 해서 말이 완성되어 상대방을 설득할 수 있는 것이 아니다. 나열식으로 말하는 것이 아니라 새로운 생각을 만들어내는 폭넓은 것이어야 한다.

브라이스 경의 말을 기울여 보면 그 타당성을 인정할 수 있다.

"항상 뭔가 할 말을 준비하고 있어야 한다. 사람들은 할 말이 있는 사람과 없는 사람, 그리고 입을 열지 않는 사람의 말에는 반드시 귀를 기울인다. 대화를 시작하기 전에는 항상 내가 무슨 말을 하려는지 알고 있어야 한다. 일정한 순서에 따라 할 말을 정리하라. 아무리 단순한 말이 될지라도 시작과 중간, 그리고 끝이 있으면 이보다 좋은 일이 있을 수 없다. 그리고 명확하게 전달할 수 있도록 해야 하며 그게 무슨 이야기이든 청중에게 명료하게 전달하도록 하라. 그리고 내 말을 듣는 사람이 어떤 사람인가에 주목하라."

대화의 전략에 속하는 말이다. 이런 전략을 만들어 놓았을 때 훌륭한 대화를 이끌고 갈 수 있다는 내용을 잘 설명한 말이기도 하다.

쓸데없는 말을 길게 늘어놓는 것은 말하는 사람 자신이 그 내용을 제대로 파악하지 못하는 데 원인이 있다. 말하기에 앞서 무엇을 어떻게 말해야 할 것인지 신중하게 파악하고 전략을 수립해라.

전략을 수립하는 일은 짜임새 있는 과정을 전개하는 일이다. 상대방에게 이야기 할 때와 들어 줄 때를 정확히 알고 그에 따른 움직임을 보이는 것도 전략에 속하는 일이며 상대방의 입맛에 맞는 말을 골라 대화를 그 중심으로 몰고 가는 것도 전략이며 어느 순간에 내가 목적하는 이야기를 해야 하는 타이밍을 고르는 것도 전략에 속하는 일이다.

두서없는 말을 펼치는 것은 대화의 본질을 잃은 것이다. 다른 것에도 대체적으로 속하는 말이지만 말은 간결하게 정리가 되어 있어 순서에 따른, 즉 기승전결에 속해 있으면서 그 과정을 풀어헤치는 것이란 사실을 잊어선 안 된다.

전략을 사전적 정의로 표현하자면 투쟁을 위한 전반적, 세부적인 방책이다. 그러므로 대화의 전략이라 하면 말을 위한 전반적, 세부적인 방책이라고 생각하면 된다.

To forgive is beautiful.
용서하는 것이 아름답다.

상상력이란 늘 어떤 욕망, 즉 어떠한 가치와 관련이 되어 있다.
대상 없는 욕망에는 상상력이란 존재할 수 없다.

감탄사를 적절하게 사용하라

말의 뜻을 정확하게 이해했을 때 내는 감탄사는
가장 적절한 부분에서 나온다.

대화에서 감탄사는 상대방에게 보내는 당신의 반응이다. 감탄사를 적절하게 사용함으로써 상대방의 이야기에 신바람을 불어넣어라. 상대는 당신이 한 번 감탄사를 지를 때마다 더 신나게 이야기할 것이며 진지함과 더불어 더 나은 이야기보따리를 풀어내려 애쓰게 된다.

그렇다고 대책 없이 아무 때나 말 한 가운데 감탄사를 지르며 뛰어들어선 상대방의 불쾌함을 모면할 수 없다. 감탄이 그저 형식적인 것이라는 판단이 들면 여태껏 신나게 말했던 것들이 바람 빠진 풍선마냥 푹 줄어들 것이며 그때부터 말할 기분마저 잡쳐버리게 된다.

감탄을 해도 진지하게 해야 한다. 말의 뜻을 정확하게 이해했을 때 내는 감탄사는 가장 적절한 부분에서 나온다. 그러나 건성적인 청취에서 상대방이 말하는 뜻을 모르고 내는 감탄사는 아무 때고 시도 때도 없이 나와 말을 하는 사람이 이내 알아차려 어렵게 마련한 대화의 자리를 싸늘하게 만든다. 말할 의욕을 상실케 한다. 그런 감탄사는 차라리 하지 않는 것이 좋다.

감탄사는 대구對句이다. 내가 아는 어떤 사람은 상대방의 말을 진지하

게 들어 그 뜻을 잘 알아차리기도 하지만 그에 따른 대구도 능숙하게 잘 하는 사람이 있다. 그 적절한 대구는 말하는 사람에게 좋은 인상을 남게 하고 또 다시 대화를 나누고 싶어 하게 한다. 이런 사람은 웅변을 잘하는 사람 이상의 효과를 지니고 있게 된다.

화술의 중요성은 말을 뱉는 것에만 있는 것처럼 보이지만 이렇듯 잘 듣고 잘 반응을 보일 줄 아는 것도 그에 못지않게 중요하다는 것을 알 수 있다.

Friendship is the perfection of love.
우정은 완벽한 애정이다.

비교를 통해서 나는 자신이 어리석다는 것을 발견합니다.
그리고 이렇게 말합니다. '그래, 나는 어리석다. 무엇을 해야 하지?'

대화에 과장법을 없애라

과장해서 이야기를 전달하려 하지 말고 그저 담백하게 있는 그대로 차분하게 표현하라. 그 이상 훌륭한 연설도 없고 그 이상 나은 의사전달 방법도 없다.

화려한 수사어구는 과장법을 사용할 때 주로 쓰인다. 과장법의 진수는 그 현란함에 있고 과밀 듯하게 포장하여 말하는 것에 있다. 그러나 하나는 포장이 그 본질을 거짓으로 나타내는 것이 아닌 것처럼 좋은 말에 좋은 내용이 들어 있어야 한다.

사람들은 말을 복잡하게 하려는 습성이 있는데 이유는 그렇게 하는 것이 지식의 폭이 넓은 것을 증명하는 것이고 남들에게 유식하다는 칭찬을 듣는 것이란 착각에서 벗어나지 못하고 있기 때문이다. 좋은 말은 복잡함의 굴레에서 벗어나야 한다.

말은 생각 속에서 탄생하는 것이기 때문에 그 말에 그럴 듯한 포장의 굴레를 씌울 필요가 없다. 과장해서 이야기를 전달하려 하지 말고 그저 담백하게 있는 그대로 차분하게 표현하라. 그 이상 훌륭한 연설도 없고 그 이상 나은 의사전달 방법도 없다.

대화에 과장법이 치장되면 화려함만 더할 뿐 내용이 없다. 그 화려함도 고품질로 들인 것이 아니라 이 색깔 저 색깔 떡칠을 한 듯한 그런 천한 분장을 하는 것이며 과장을 일삼아 거리가 멀고 잔뜩 부풀려져만 있어 언제 터질지 모르는 위험을 안고 있다. 간직됨이 없고 한쪽 귀로 들어와 한쪽 귀로 흘러 나갈 뿐이다.

진솔한 맛이 사라지는 과장법은 사용하지 않는 것이 좋다. 아무리 애써도 좋은 말이 되지 않는다. 과장법을 잘 쓰는 사람의 말은 금방 질리게 된다. 마치 너무 기름진 음식을 먹고 금방 그 음식에 질리는 것과 비슷하다.

과장된 말은 말의 기본형에 속하지 않는다. 한껏 부풀려져서 말해지는 과장법이 과연 사람들에게 공감이 될 것이며 긍정을 하게 할 것인가를 간단히 따져보자. 과장은 능력이 없는 사람들의 전유물에 속하는 좋지 못한 습성이다.

Better a sparrow in the hand than a pigeon on the roof.
지붕 위의 비둘기보다 손 안의 참새가 낫다.

그대가 얻고 싶은 것을 남이 가졌거든 그것을
얻기 위해 바친 노력만큼 그대도 노력하라.

잘못을 지적할 때는 간접적인 표현으로 해야 한다

우회적인 방법을 선택해서 말하는 일은
잘못을 지적할 때 중요한 대화의 수단이 된다.

남의 잘못을 지적할 때처럼 곤혹스러운 일은 없다. 잘못을 지적받은 사람이 받을 자존심의 상처를 생각해야 되기 때문이다. 그래서 직접적인 표현보다는 간접적인 표현으로 해야 한다. 그것이 최대한 상처를 줄일 수 있는 방법이기도 하다.

그러나 아무리 간접적인 표현을 선택해서 말한다 하더라도 자신의 잘못이 무엇인지 알지 못하게 표현한다면 그것은 잘못을 지적하는 것이 못된다. 그리고 잘못을 지적하여 그가 무엇인가를 깨닫게 된다면 얼른 관심을 가지고 있다는 것을 상기시켜 주는 것이 필요하다.

"우리가 나무의 나뭇잎처럼 많은 혀를 가지고 있다해도 우리가 품고 있는 생각을 그대로 다 말할 수는 없다."

이 말은 많은 나무의 나뭇잎을 인간의 혀로 대치시키는 서양식의 표현이지만 자기의 생각을 다 표현할 수 없다는 것을 나타내는 말이기도 하다. 다시 말하거니와 우회적인 방법을 선택해서 말하는 일은 잘못을 지적할 때 중요한 대화의 수단이 된다. 그렇다고 해서 너무 우회적으로 말해 상대방이 어떤 뜻인지를 모른다면 그것은 곤란하다. 간접적인 표현

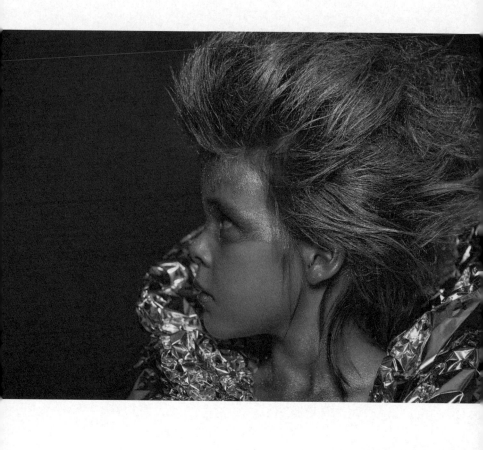

도 상대가 이해하고 설득될 수 있는 범위 안에서 해야 한다.

상대방에게 문제 있는 점을 말하면서 변화를 요구할 경우에는 말로서만 할 것이 아니라 그 말을 뒷받침하는 행동이 따라야 한다. 꾸짖음은 상대가 잘못을 만회하도록 격려하는 것이다. 잘못을 지적하는 일은 사실 곤혹스럽게 느껴질 때가 많다. 그렇다고 해서 잘못을 지적하지 않고 넘어가면 상대는 타성에 젖어 그것이 습관으로 굳어질 염려가 있다.

상대가 가까운 사람일수록 잘못을 지적하고 상대가 자존심이 상하지 않도록 각별히 신경 쓰는 가운데 그러나 분명히 알아들을 수 있도록 지적해 주어야 한다.

Watch your step; this is an important chance.
발걸음을 유의해라, 이번이 중요한 기회다.

남의 결점에 대해선 참고 있을 수 없을 만큼
목소리를 높이면서 자기 자신이 가지고 있는
똑같은 결점에 대해선 늠실도 하지 않는다.

상대방의 견해를 존중하라

친밀한 인간관계를 파괴하는 가장 큰 이유가 자기 입장에서만 생각하고
남의 입장을 헤아려 주지 못했을 때 일어난다.

대화를 하면서 가끔 '당신은 어떻게 생각하십니까?' '당신이라면 이
런 경우 어떻게 하시겠는지요?' 하는 물음으로 상대방의 의사나 입장을
묻는 것이 필요하다.

사람에 따라 견해가 달라 똑같은 상황이나 똑같은 입장에 처하더라도
판단하는 기준이 다를 수 있다. 그래서 나와 견해가 다르다고 해서 섣부
른 예단으로 상대방의 견해를 무시해선 안 된다.

만일 상대방의 견해가 나와 다를 경우, 급히 판단을 내리지 말고 상대
가 그렇게 생각하게 된 경위나 입장을 두둔하고 왜 그랬는가를 생각해
보아야 한다. 상당히 많은 경우에 있어서 그렇게 생각할 수도 있다는 것
을 깨닫게 된다. 그래서 우리는 상대방의 견해를 일단 존중하며 접근하
는 것이 필요하다.

상대방의 견해를 무조건 부정적으로 단정하지 마라.

남의 말을 비평가나 재판관같이 들어서는 안 된다. 당신의 판단은 잠
시 중지하고 말하는 사람의 말을 헤아려 주도록 해야 한다. 당신이 친절
하고 동정만 가진다면 사람들은 당신의 말을 들으러 다가올 것이다.

대다수의 사람들은 자신의 주장만을 올바른 것으로 인식한다. 남의 입장에서 내가 상대방의 입장을 이해하지 못하는 것처럼 그럴 수 있음에도 불구하고 나의 판단에 상당히 우호적이다.

친밀한 인간관계를 파괴하는 가장 큰 이유가 자기 입장에서만 생각하고 남의 입장을 헤아려 주지 못했을 때 일어난다는 보고가 있다. 인간관계를 잘 유지하는 사람들의 면면을 살펴보면 그런 사람들은 자기 입장보다 남의 입장을 헤아리고 한껏 이해심을 보인다. 이 모든 것이 상대를 존중하는 마음을 버리지 않고 있었기에 가능한 일이다. 어쩌면 그런 것들이 포용력에 해당하는 일일지도 모른다.

존중, 이해심, 포용력, 배려심, 이런 것들이 주제가 되어 펼쳐지는 원만한 인간관계는 대단히 소중하다.

The wise man understands with half a word.
지혜로운 사람은 반만 듣고 알아차린다.

아무 글자도 쓰여 있지 않은 백지 같은 순백의
처녀라는 것은 그러한 여자와 그렇지 않은 여자의
우열을 가리기 위해 만들어낸 말에 불과하다.

자신의 잘못을 분명하게 인정하라

잘못을 인정하는 것은 자신이 미처 몰랐던 정보를 제공받는 것이다.
그래서 잘못이라고 무조건 나쁜 것이 아니라
어떤 경우에 있어선 감사해야 될 일이다.

만일 자신의 그릇된 점이 발견되어 그것이 잘못임이 인정되면 솔직하게 인정하라. 사람의 심사는 대개 자신의 잘못을 인정하지 못하고 변명을 늘어놓는 경우가 많은데 변명이란 것은 오히려 자기를 궁지로 몰게 되는 약점이 있다. 변명은 하면 할수록 헛된 것이며 잘못을 두드러지게 하는 결과를 가져오는 것이니 궁색한 변명 따위는 버려라.

모든 종류의 변명이 공통적으로 가지고 있는 특징이 있는데 그것은 불완전하다는 것이다. 사과의 마음은 은연중에 표정이나 말씨, 행동에 나타나기 때문에 마음에 없는 사과는 통하지 않는다.

과실을 하지 않는 사람은 없다. 중요한 것은 과실을 했을 때 그 과실을 빨리 인정하고 다시는 그것을 되풀이 하지 않아야 한다는 점이다. 과실을 인정하지 않으면 또다시 똑같은 과실을 범해도 그 과실이 얼마나 잘못된 것인지를 모르게 된다. 변명을 길게 늘어놓으면 늘어놓을수록 과실은 점점 커져 남들에게 더욱 확연하게 드러난다.

"분명 이것은 내 잘못이다."

상대는 변명을 늘어놓는 자신보다 이렇게 잘못을 깨끗이 인정하는 당신에게 더욱 호감을 느낄 것이며 존중함을 비친다.

"미안합니다."

"제가 실수했습니다. 용서하십시오."

자기 잘못을 인정하면서 사과하는 이런 말들이 인간관계에서 상당히 중요한 일임에도 사과하는 일이, 자기 잘못을 인정하는 일이 자존심을 잃게 되는 일이라 여겨서 그런지 대다수의 사람들은 용기를 잘 내지 못한다.

보통 사람들은 실수를 만회하기 위해서 실수할 수밖에 없었던 이유를 설명하지만 그것은 변명으로밖에 들리지 않는다. 변명으로 들린다는 것은 무엇을 뜻하는가. 곧 자신의 말을 믿지 않는다는 의미이기도 하다.

잘못을 인정하지 않아도 자존심은 이미 잘못을 저지른 순간에 무너지고 만다. 이를 회복하는 일은 한시라도 빨리 사과하고 인정하는 길뿐이라는 것을 알기 바란다. 빠르면 빠를수록 자존심의 회복이 빨라진다는 것을 명심하기 바란다.

"까짓 거 그럴 수도 있지. 창피하게 무슨 사과야? 큰 잘못도 아니구먼."

이런 태도는 자칫 잘못된 아집으로 당사자를 몰고 가 치명적인 문제를 일으킬 수도 있다. 잘못함을 알았으면 얼른 인정하고 그 잘못을 되풀이하지 않을 실마리를 찾아야 한다.

몇 마디 사과로 훌훌 털어버리는 것, 사람들은 사과할 줄 아는 사람을 존경하며 잘못을 인정하지 않는 사람을 경멸한다. 그동안 존경하던 마음까지 버리게 된다.

잘못을 인정하는 것은 자신이 미처 몰랐던 정보를 제공받는 것, 그래서 잘못이라고 무조건 나쁜 것이 아니라 어떤 경우에 있어선 감사해야 될 일이다.

Pleasure is the beginning and the end of living happily.
쾌락은 행복하게 사는 시초요 끝이다.

사람은 남에게 속는 일보다 자신이 생각한 감정에 의해 속고 있는 일이 더 많다. 남이 이렇게 생각하고 있다고 지레짐작해서 말하고 판단하지 마라.

대화는 상대방의 관점에서 펼쳐가야 한다

상대방의 관점이 어떤 특수한 일이 아니라 일반적인 사물을 대하는 것이라면
더더욱 먼저 상대방의 입장을 헤아릴 필요가 있다.

햇빛이 비치는 곳에서 보면 밝지만, 반대편에서 보면 어두울 수밖에
없다.

당신은 어느 편에서 보고 있는가?

사람들의 관점은 저마다 다르다. 똑같은 사물을 보아도 느낌이 다르
고 눈이 다르다. 생각 또한 달라 사람과 사람의 견해 차이는 여러 군데에
서 나타난다. 그럼에도 불구하고 오로지 자기 생각이 맞고 자기 느낌이
옳으며 내가 보는 것이 맞다는 인식 속에서 판단을 내리는 사람이 많다.

나 자신이기에 용서되는 나의 입장은 그래서 오류를 가질 수 있고 편
견이 생겨날 수 있으며 나 중심의 사고에 묻히는 경우가 생길 수 있다.

대화는 상대와 나의 교류다. 그래서 어느 한편으로 흐르면 대화 는 생
명력을 잃게 되고 본연의 뜻을 이룰 수 없다. 서로의 교감이잘 이루어져
대화의 흐름이 좋으면 그보다 나은 일은 없겠지만 그것이 말처럼 쉽지
않으니까 문제다.

그러나 이러한 소통의 시작에는 언제든 상대방의 입장을 생각하고 상
대방의 뜻이 무언가를 잘 헤아려 거기에 맞추어 대화를 이어가는 것을

잊지 말고 있어야 한다. 그것이 바람직하다. 이보다 더 좋은 방법은 없다. 대화에서뿐만이 아니라 모든 인과관계의 근원은 상대방을 배려하고 상대방을 먼저 이해하는 일이다. 상대방의 관점이 어떤 특수한 일이 아니라 일반적인 사물을 대하는 것이라면 더더욱 먼저 상대방의 입장을 헤아릴 필요가 있다.

나의 관점에서 이야기가 진행된다면 이런 대화를 거부할 이유가 없다. 오히려 관심을 더 가지게 가까이 접근하는 것은 그 사람이다. 남에게 호감을 지니며 대화를 잘 진행시키는 사람의 근원엔 바로 이런 이유가 있었다. 특별한 비결이 있었던 것이 절대 아니었다.

이렇듯 대화의 기술은 소소한 것에서부터 그 요소가 잠재되어 있다. 대강 흘려버릴 수도 있는 이유들이 가장 큰 기술의 이유가 된다. 어떻게 자신을 상대에게 대입시키느냐, 대화의 키워드는 바로 그거란 점을 인식하고 유념하기 바란다.

The cat would eat fish but would not wet her feet.
고양이는 물고기를 먹고 싶어도 발을 물에 적실 생각은 없다.

인간은 비참한 예정을 짊어지고 있는 것은 아니다.
바라기만 한다면 인간은 이 세상에서 언제든지 평화와 안정과 깨끗한 복을 얻을 수 있다.

상대방의 체면을 살려주어라

상대방이 체면을 만회할 여유를 주고 실수를 반성할 기회를 마련해 준다.
인격의 완성은 그런데서 나타난다.

대화의 근원을 살피면 항상 평행선을 달리는 상태에서 이야기가 물
흐르듯이 진행되는 일은 드물다. 말하는 사람과 듣는 사람의 빈도가 분
명 드러나게 되고 이야기의 주제 또한 칭찬 받을 사람과 그렇지 못한 사
람으로 나눠지는 게 보통이다.

대화가 자신에게 유리한 방향으로 진행될 수록 상대방의 체면을 유지
하도록 하게 하라. 무릇 단독적인 대화가 아니라 여러 사람이 모인 가운
데서 그런 일들이 벌어졌을 때 그 당사자는 상당히 곤혹스러운 상태에서
그 자리가 매우 껄끄러워 자리를 보전하고 앉아 있는 것조차 부담스러울
때가 있다.

당신은 그런 사람의 체면을 살려주어라. 체면을 잃고 있는 사람을 살
려주는 일은 축복받을 일이다. 사람의 심리가 남의 허물을 보면 그것을
적나라하게 파헤치고 싶어 하는 게 보편적인 심리라고 하는데 그것은 안
될 일이다.

매사 긍정적인 사고를 지닌 사람은 표현 또한 어진 법이다. 언젠가 비
슷한 상황이 나한테도 돌아올 수 있다는 것을 알고 있는 사람은 상대의

체면을 깎는 짓은 결코 하지 않는다.

"사람의 실수란 누구나 할 수 있는 것이지요. 오늘은 당신이 했을 뿐입니다."

"그건 체면상할 일이 아니라고 봅니다. 우리도 그런 일을 할 수 있거든요."

이렇게 말함으로써 상대방이 체면을 만회할 여유를 주고 실수를 반성할 기회를 마련해 준다. 인격의 완성은 그런데서 나타난다. 남의 존중을 받고 좋은 사람으로 기억되며 어느 자리에서도 환영을 받게 된다.

너그럽게 상대의 처지를 받아들이고 포용하자. 용서하는 마음으로 대하면 내게 적이 생길 리 없다. 적이 없다는 것은 순화된 인간관계를 잘 유지시키면서 살아간다는 것을 증명하는 것이며 당신의 태도가 바르다는 것을 증명하는 것이기도 하다.

화술을 통한 배려심을 상대에게 보였을 때 나타나는 반응의 심리는 영원히 기억된다. 체면을 잃지 않게 하는 몇 마디의 말이 그렇게 값지게 나타날 수 없다.

Nothing succeeds like success.
성공처럼 줄을 잇는 일도 없다.

자기 자신을 알려거든 남이 하는 일을 보라.
남이 하는 일은 내가 할 일의 거울이다.

부정적인 말보다 긍정적인 말을 하라

상대의 말에 부정적인 말로 대답하기보다는
같은 의미일지라도 긍정적인 표현을 담아 대답하라.

긍정적인 말을 하는 데 있어 가장 좋은 것은 상대방으로 하여금 '네'라는 반응을 유도해 낼 수 있다는 것이다. 이런 반응을 많이 유도해 낼수록 당신의 말이 상대방에게 잘 먹히고 있다고 생각하고 간접 증명으로 해석하면 된다.

또한 상대방에게 긍정적인 모습을 솔직하게 전하는 것은 상대방이 자신감을 가질 수 있도록 하는 것은 물론이거니와 나에 대해서도 좋은 감정을 가지게 한다는 점에서 유익하다. 어려운 일에 처했을 때 긍정적인 말로 크게 소리치면 절로 힘이 생기는 것을 느낄 수 있다. 마인드 컨트롤이 된다.

신기하게도 긍정의 말 뒤에는 부정적인 말이 이어지지 않는다. 긍정적인 말을 듣고서 기분이 나빠지는 사람은 없다. 오히려 착 가라앉아 우울했던 마음이 사라지고 그 말로 인해 기분이 밝아지는 사람이 많다. 긍정적인 말에는 바로 그런 힘이 존재한다.

상대의 말에 부정적인 말로 대답하기보다는 같은 의미일지라도 긍정적인 표현을 담아 대답하라. 그러면 상대는 감동하게 된다. 좋은 말은 그

말이 끝난 뒤에도 오래토록 남는 법이다. 당신을 감동시킨 한 마디는 아주 오래토록 잔상으로 남아 당신을 기억하게 된다.

남을 긍정적으로 생각했을 때 나 자신 스스로 행하는 일들도 긍정적으로 생각하게 된다. 이는 성공의 밑거름이 되며 에너지가 된다. 세상에서 긍정적인 사고와 부정적인 사고의 대비는 하늘과 땅 차이가 남을 우리는 느낌으로 알 수 있다.

긍정이 플러스 사고라면 부정은 마이너스 사고이다. 긍정이 한껏 부풀어 오르게 하는 힘을 지녔다면 부정은 맥없이 푹 꺼져버리는, 그나마 간직하고 있는 힘을 점점 잃게 한다.

"참으로 저 사람은 모든 것이 긍정적이야."

"저 사람 말에는 따뜻함이 배어 있어."

이런 사람이 되라. 이런 인격을 지닌 사람은 모든 사람들로부터 사랑을 받는다.

Never forget what a man says to you when he is angry.
사람이 화가 났을 때 너에게 하는 말을 결코 잊지 마라.

고민이란 어떤 일을 시작해서 생긴다기보단
할까 말까 망설이는데서 더 많이 생긴다.

말은 정확하고 또렷하게 하라

말을 잘하는 사람의 조건은 어려운 말도
상대방의 이해력에 맞춰 알기 쉽게 설명하는 사람이다.

사람마다 말하는 버릇이 있다. 말을 시작하기 전에 '에~' 하며 말을 끈다거나 '으음~' 하며 말의 주제를 생각하는 버릇 등이다. 능란한 화술을 구사하고 싶어 하는 사람들은 자신의 버릇을 찾아 이를 제거하는 노력을 기울여야 한다.

말은 군말이 없게 정확하고 또렷하게 구사해야 상대방이 당신의 말에 좀 더 귀 기울일 수 있다. 모호한 말이 있으면 상대방으로부터 좋은 반응을 얻기 어렵다. 그것은 전적으로 그렇게 말한 당신의 책임이다. 상대방이 분명하게 이해할 수 있도록 정확하고 또렷하게 말해야 한다. 에둘러 이야기하는 것이 아니라 전달하고자 하는 메시지를 직접적으로 전달해야 한다.

말하기 힘들거나 입장이 난처한 말일수록 사람들은 둘러서 이야기하려는 습성이 있다. 그러나 자신이 말하고자 하는 바를 분명하고 알아듣기 쉽게 전달하지 않으면 커뮤니케이션을 이루기가 힘들다.

상대방이 이해하지 못하게 말하는 것은 전적으로 말한 사람의 책임이다. 상대방은 말하는 대로 들을 뿐, 그 이상도 그 이하도 아니다.

151

"대화에는 반드시 상대방이 있다."

대화는 말하는 사람이 있고 듣는 사람이 있다. 상대방을 고려하지 않고 일방적으로 말하는 것은 대화가 아니다. 상대방이 이해하지 못하는 말을 하는 것은 말이 아니다. 그래서 말은 더욱 정확하고 또렷하게 전달해야 한다. 쉬운 말을 어렵게 하거나 원래 어려운 말을 더욱 어렵게 말하는 사람은 말을 잘하는 사람이 아니다. 말을 잘하는 사람의 조건은 어려운 말도 상대방의 이해력에 맞춰 알기 쉽게 설명하는 사람이다.

분명한 발음으로 말하라. 자음을 분명하고 똑똑하게 발음하라. 특히 모음에 유의하라. 입속에서 우물거리지 말고 각 단어에 모든 음절을 포함시켜라. 음의 높낮이를 조절함으로써 음조를 변화시키고 문장의 끝에서 목소리를 올려라. 주제를 전달하기 위해서는 정확한 발음을 통한 목소리의 크기와 속도가 필요하며 높낮이를 가지고 있어야 한다.

알기 쉽게 이야기한다는 것은 알기 쉬운 말, 알아듣기 쉬운 발음, 알기 쉬운 표현의 종합이다.

Once a use forever a custom.
한번 해본다는 것이 영원한 습관이 된다.

좋은 문장이란 자신이 말하고자 하는
뜻을 가장 적절하게 표현했다는 말이다.

상대방의 행동에 칭찬을 아끼지 마라

진정 칭찬할 일이 생겼을 때는
그가 어떠한 관계에 속해 있든 칭찬을 아끼지 마라.

인간은 칭찬을 듣는 것만으로도 기뻐하는 동물이다. 그것은 인간이
사회적인 동물이라고 하는 것과 깊이 연관되어 있다. 그러니까 인간관계
에 있어서 칭찬을 받고 인정받음으로써 자기의 사회적 입장이나 위치를
확인할 수가 있어 정신적인 만족과 안도감을 얻기 때문이다. 그래서 칭
찬이 필요하고 중요하다고 말하는 이유가 바로 여기에 있다.

아무리 나쁜 사람일지라도 칭찬할 일이 있으면 칭찬해 주라. 사람은
누구에게나 장점이 있다. 감정에 치우쳐 칭찬을 칭찬으로 해석하지 않고
무조건 나쁜 것으로 치부해 버리면 이미 당신 스스로 그런 사람의 부류
에 속함을 인정하는 셈이 된다.

말에는 격이 있다. 옳은 것을 옳다 하고 그른 것을 그르다고 정확하게
표현하는 것이 말의 본질이다. 칭찬에 속하지 않을 일이 아닌 것을 칭찬
하는 것은 안 되지만 정정 칭찬할 일이 생겼을 때는 그가 어떠한 관계에
속해 있든 칭찬을 아끼지 마라. 인간은 칭찬을 갈망하면서 살고 있는 동
물이란 것을 명심하라.

칭찬의 말 속에 이런 말을 자주 집어넣으면 어떨까?

"엑설런트!"

"판타스틱!"

범용으로 쓸 수 있는 이 말들의 사용에 대해 또한 이런 말을 듣고서 기분 나쁜 사람은 아마 한 명도 없을 것이다. 칭찬하는 사람은 따뜻한 마음과 이해심으로 말미암아 매력적인 사람으로 보일 가능성이 높다. 칭찬을 받는 것은 자신의 가치를 인정해 주는 것이고 자신의 가치를 인정해 주는 이런 사람에게 마음의 문을 여는 것은 당연한 일이다.

칭찬은 상대를 성장시키는 원동력이므로 어디까지나 상대가 중심이 되어야 한다.

"당신한테 이런 점이 있는 줄 몰랐어."

"당신에게 이런 능력이 있다는 건 대단한 일이야."

칭찬의 말은 칭찬 하나하나가 그에게만 해당되는 것이라고 믿을 수 있도록 확실하게 표현하는 것이 좋다. 칭찬은 긍정적인 생각을 직접 전달하는 것을 뜻하기 때문에 분명하고 솔직하게 표현하는 것이 좋다.

하지만 지나치게 칭찬을 하는 것은 칭찬하는 것이 아니다. 공연히 치켜세우는 것에 지나지 않는다. 또한 칭찬을 받는 입장에서도 겸손한 모습을 보인다고 해서 칭찬을 무시하거나 상관없는 이야기로 화제를 돌리면 안 된다. 그 순간 상대의 칭찬은 멈추게 되기 때문이다.

칭찬을 하면 자신도 칭찬을 받을 가능성이 그만큼 크다. 칭찬은 아무리 해도 부족하지 않다. 칭찬을 하고 칭찬을 받는 기회가 많을수록 나와 상대방 간의 거리는 현저히 줄어든다. 그렇기 때문에 칭찬을 하는 방법뿐 아니라 칭찬을 받는 법도 우리는 잘 알고 있어야 한다.

그러나 어쩜 우리는 한결같이 서로 칭찬하고 칭찬받는 일에 대해 익숙하지 않은 걸까? 왜 칭찬받아 계면쩍고 칭찬함으로 해서 낯간지럽게 생각하는 걸까? 그러지 않아도 된다. 칭찬받을 때 당당하게 받고 칭찬할 때 진심으로 칭찬해 주는 이런 태도가 습관화 되어야 한다.

자기의 행동을 칭찬받는 일보다 다행스러운 일은 없다.

A man is not good or bad for an action.
인간의 선악은 한 가지 행동으로 알 수는 없다.

> 마시고 먹는 쾌락은 먼저 그것에 앞선
> 굶주림과 목마름이 없이는 존재하지 않는다.

상대방 이야기가 끝나기 전에 자기 이야기를 하지 마라

이야기의 맥을 끊지 말고 끝까지 듣는 자세가 필요하다.
그런 다음 자신이 생각한 의견을 말하는 것이 중요하다.

대화에서 필요한 기술은 상대를 편하게 해주는 것이며 상대를 편하게 하는 가장 기본적인 요소는 상대의 말을 끊지 않고 잘 들어주는 것이다. 그런데 대화를 진행하는데 있어 남의 말을 자주 자르는 사람이 있다.

열심히 내 이야기를 상대에게 전하기 위해서 말을 하고 있는데 느닷없이 튀어 들어와 이야기를 자르고 자기의 이야기를 늘어놓을 때 상대는 난감한 나머지 더 이상의 대화를 이어가고 싶어 하지 않는다. 이런 사람의 특성은 처음부터 끝까지 자신의 이야기만 늘어놓으려는 심사가 깔려 있다.

그러나 대화라는 것은 일방적인 강연을 듣는 일도 아니고 서로가 주고받음 속에서 커뮤니케이션을 이루어 가는 것이기 때문에 자기 이야기만을 고집한다는 것은, 아니 한참 이야기를 하면서 이야기가 다 끝나지 않았음에도 불구하고 튀어 들어와 대화를 잘라버리는 좋지 못한 행동은 하루빨리 고쳐야 할 버릇이다.

이야기의 맥을 끊지 말고 끝까지 듣는 자세가 필요하다. 그런 다음 자신이 생각한 의견을 말하는 것이 중요하다. 상대방의 말을 끝까지 다 들어주고 이야기하면 상대 역시 내 말을 끝까지 듣는 자세를 가지게 된다.

'주의 깊게 듣고 총명하게 질문하고 조용하게 대답하고 그리고 그 이상 아무 말할 필요가 없을 때에 입을 열지 않는 사람은 인생의 가장 필요한 의의를 깨달아 지닌 사람'이라고 라하테르는 말했다.

상대방의 말 도중에 상대방의 말을 끊는 것은 습관이다. 주제의 핵심에 들어가지 않았는데 당신이 지금 무슨 이야기를 하고 있는지 알고 있다는 태도로, 더 이상 듣지 않아도 알고 있으니 그만 말하고 내 말을 들어보라는 뜻이 다분히 담겨 있다.

상대방이 말하는 도중에는 절대 이야기를 중단시키는 일은 없어야 한다. 할 이야기가 있으면 상대방의 이야기가 끝난 다음에 해야 한다. 대화를 해나가는 가장 기초적인 문제이기도 하다. 이 대화법만 알고 있어도 절반의 성공을 한 셈이다.

대화의 기술을 터득하려면 남의 말을 중간에 자르는 버릇을 빨리 고쳐야 한다. 이런 버릇을 버리지 않는 한 당신은 다른 그 어떤 대화의 기술을 익힌다 해도 그 효용을 기대할 수 없다는 것을 분명히 기억하라.

Better the last smile than the first laughter.
처음에 크게 웃는 것보다 나중에 웃는 것이 낫다.

사람이 성공하지 못하는 것은 처음부터 끝까지 한길로 나아가지 않았기 때문이지 성공의 길이 험악해서가 아니다.

겸손한 마음을 잊지 말고 자기 자랑을 삼가라

자랑은 스스로 하지 않아도
모든 사람들 앞에 그 모습을 보이게 되어 있다.

자기 자랑을 드러내는 사람들 대부분은 열등감이 강한 사람으로 보면 틀림없다. 그런 사람들은 주위에 자신의 약점이나 단점을 보이면 자존심을 잃게 될까 봐 자기자랑으로 자존심을 지키려고 한다. 열등감의 또 한 이면으로서 자기 자랑을 하고 있는 것인데 이런 사람에게 자기 자랑은 어리석은 사람이 하는 짓이라고 느끼게 해줄 필요가 있다.

자랑은 상대 스스로가 인정해 줄 때 비로소 자랑으로서의 가치가 생기는 것이며 스스로 하는 자랑은 자랑을 위한 자랑에 속하게 되는 것임을 유념해 둘 필요가 있다. 칭찬받을 수 있는 자랑은 스스로 자랑하지 않아도 모든 사람들 앞에 그 모습을 드러내게 되어 있다. 하지만 그런 자랑을 스스로 늘어놓으면서 칭찬을 끌어들이려 한다면 이미 그 자랑은 본연의 모습을 잃고 점점 더 깊은 곳으로 몸을 숨겨 남의 눈에 띄지 않게 된다.

설령 자신의 자랑을 하고 싶어도 묵묵히 참고 그것을 남들이 알게 될 때까지 기다려라. 물론 사람의 심리가 자랑할 일이 생기면 입이 근질근질하여 견디기 힘든 게 사실이다. 그러나 그것을 참는 게 바로 자기가 자랑해야 할 좋은 일이면서 남들로부터 칭찬받게 되는 일임을 기억하라.

"그런 일이 있었어? 진즉 얘기를 하지 그랬나? 아무튼 축하하네, 축하해."

이런 말을 들었을 때 당신은 겸손하게 이렇게 말하면 어떻겠나?

"그게 어디 자랑할 만한 일인가? 흔한 일인 걸."

그러면 상대의 반응은 뜨겁게 나타난다.

"흔한 일이라니! 그게 어디 보통사람이 할 수 있는 일이란 말인가? 정말 자네는 대단해!'

그러면서 상대는 궁금한 일들을 하나하나 세세히 물어가며 관심을 보이고 당신이 자랑하고 싶었던 그 이상의 질문들을 쏟아 붓는다.

그러나 자기 자랑만을 늘어놓을 경우는 어떤가?

"알았어, 알았다고. 그게 뭐 자랑인가? 누구나 다 하는 걸."

이런 반응이 나타나면 자랑하고 싶어 했던 사람의 심리는 머쓱해지면서 상대로부터 기대한 반응이 정반대 이어선지 더 강도를 높여 자기 자랑을 인식시키기에 바쁘다. 그러나 돌아오는 것은 여전히 싸늘한 반응일 뿐이다.

"그만해, 자네는 앉았다 하면 자기 자랑만 늘어놓고."

그리곤 더 이상 말을 들으려 하지 않고 다른 사람에게 시선을 돌리며 다른 사람과의 대화에 참여해 어느새 자신은 찬밥에 도토리 신세가 되고 만다.

이런 풍경을 아마 당신은 많이 목격했을 것이란 짐작이다. 자랑할 일이 있거든 더욱 자랑을 삼가라. 상대가 알아줄 때까지 기다릴 것이며 칭찬받을 일은 땅속에 묻히는 일이 없으니 걱정하지 않아도 된다. 다만 시간이 조금 더 걸릴 뿐이다. 자랑할 일은 이내 사람들에게 발견되며 수면에 떠올라 절로 사람들의 입에 오르내리면서 내 자신이 주연이 되게 되어 있다.

자랑은 자기 입에서 나오면 안 된다. 그것은 자랑이 될 수 없다. 자랑은 남의 입에서 나와야 진정 자랑일 수 있고 자랑으로서의 가치가 있다.

The noblest vengeance is to forgive.
가장 좋은 복수는 용서하는 것이다.

어떤 일에 실패하면 그것이 마지막인 것처럼 비관한다.
그러나 어떠한 실패를 했을지라도 희망은 어딘가에 살아 있다.

공손하지 못하고 명령하는 듯한 말투는 고쳐라

공손하지 못한 말투는 시작부터 상대의 마음을 불안하게 하며
선뜻 다가서지 못하게 마음의 움직임을 가로막는다.

똑같은 이야기라 할지라도 어떻게 제시하고 전개하는가에 따라 아주
다른 결과를 낳는다. 마찬가지로 어떤 말이라도 말투에 따라 상대방이
받아들이는 기분은 달라질 수 있다.

말을 걸면 상대방은 어떤 식으로든 반응을 보이기 마련이다. 미소를
지어 보일 수도 있고 불쾌한 표정을 지어보일 수도 있다. 밝고 명랑한 모
습을 보일 수도 있고 우울한 표정을 보일 수도 있다.

이런 것은 말투에 따라 다르게 차이난다. 공손한 말투가 미소 어린 반응
과 밝고 명랑한 모습을 보이게 하는 것이라면 퉁명스레 명령하는 듯한
말투는 불쾌한 표정과 무심한 표정을 만들게 한다.

대화의 기술에서 중요한 것 중 하나가 공손한 말투다. 공손하지 못한
말투는 시작부터 상대의 마음을 불안하게 하며 선뜻 다가서지 못하게 마
음의 움직임을 가로막는다.

아무리 청산유수같이 말을 많이 쏟아내도 그 말이 공손하지 못하면
소용없다. 하지만 말이 어눌한 사람일지라도 공손한 말투를 사용하는 사
람은 말을 잘하는 사람의 공손치 못한 말투보다 훨씬 전달력이 강할 수

있다.

말투는 곧 말의 수단이다. 퉁명하게 툭툭 말을 내뱉
는다든지, 마치 자기 하인을 다루듯 명령어처럼 내뱉는
말투를 지닌 사람들은 세상없어도 사람들의 마음을 끌
지 못한다.

자신의 말투가 어떤지 점검하라. 자신은 전혀 그렇지
않다고 생각하는데 듣는 상대방이 당신의 말투에 상을
찡그린다면 큰 문제다. 말투는 은연중에 버릇이 되어 한
번 고정된 말투는 고치기 어려운 법이다. 그래서 자신의
말투에 대한 문제점을 발견하지 못하는 경우가 왕왕 있
다.

말은 공손하게 하라. 명령하는 어투가 아니라 부탁하
는 어투로 부드럽게 하라. 말투는 목소리의 좋고 나쁨에
서 나오는 것이 아니라 습관에서 나오는 것이다. 당신의
마음에서 나오는 것이며 말하는 자세에 속하는 것이다.

A word once spoken revoked can not be.
한 번 입 밖에 낸 말은 취소할 수 없다.

사람은 혼자 있을 때 정직하다. 혼자 있을 때 자기를 속
이지는 않는다.
하지만 남을 대할 때는 남을 속이려고 한다.

비판하기보다 격려하기를 즐겨라

단순 감각에 치우쳐서 비판을 가하는 것은 상대를 존중하는 마음을
일단 버리고 비판을 위한 비판으로 흐르고 있다는 것을 증명하는 셈이다.

사람들의 관심을 끌기 위해서는 사람들의 귀를 자극할 수 있어야 한다. 남을 자신의 생각대로 이끌려는 사람은 거기에 맞는 화제가 등장해야 한다. 또한 사람들이 자신의 말에 주의를 기울이게 하려면 자신의 말에 명확성과 힘과 그리고 아름다운 언어가 구비되어야 한다.

비판은 당신의 공정한 감각을 해친다. 비판을 하기 전에 이것이 옳은 것인가를 생각하고 비판을 가해야 한다. 단순 감각에 치우쳐서 비판을 가하는 것은 상대를 존중하는 마음을 일단 버리고 비판을 위한 비판으로 흐르고 있다는 것을 증명하는 셈이다. 그것도 모자라 남들이 있는 앞에서 공개적으로 상대를 비판하는 것은 이미 비판을 받아 마땅한 사람보다 더 비판을 받게 된다는 것을 잊지 마라.

건설적인 비판은 물론 자신의 발전에 도움이 된다. 실수를 했을 때, 그 실수를 다시 반복하지 않는 방법을 알 수 있게 도와준다. 그러나 비판은 그것이 정확하다고 할지라도 건설적이지 못할 때가 있다.

격려하고 또 칭찬하라.

칭찬과 격려를 받은 사람은 감사하는 마음이 생기고 그 감사하는 마

166

음이 칭찬한 내 자신에게 온다. 비난을 가하면 상대의 칼을 받을 수 있지만 칭찬을 하면 좋은 선물을 받을 수 있다. 비판보다는 칭찬이 사람을 넓게 하는 법이다.

칭찬을 할 때는 그 칭찬이 왜 생겨났는지를 구체적으로 말해야 한다. 애매모호한 칭찬은 칭찬으로서 받아들여지지 않는다. 그리고 깊은 인상을 남기기 위해서는 간결하고 명확하게 칭찬하여야 하며 할 수 있다면 직접적인 칭찬보다는 제삼자를 통한 칭찬이 효과가 훨씬 크다. 격려 또한 힘을 돋을 수 있도록 단호하고 힘차게 해야 한다. 비슷한 나이나 상대가 조금 어리면 어깨를 강하게 두드리며 힘을 불어넣고 이야기하는 것도 효과를 높이는 좋은 방법이랄 수 있다.

It is a shame not to be shameless.
부끄러움을 안 타는 것은 부끄러운 일이다.

남이 나를 욕하면 그 욕한 사람의 입이
더러울 뿐이지 내 마음이 더러운 것이 아니다.

부정적인 말로 나서지 마라

부정의 심리는 말할 것도 없이 자기주장만을 관철시키고 싶은 심리에서 나오는 것이며
자기주장의 확신이 서지 않았을 때 나오는 행위이기도 하다.

내가 알고 있는 어떤 사람은 남의 말을 습관처럼 부정하는 사람이 있다. 옳은 이야기임이 분명한데도 그의 입에선 먼저 '그게 아니라' 하는 말이 튀어나온다.

꽃은 저마다 향기를 지니고 있듯이 말도 향기를 지니고 있다. 향기를 지닌 말속에 좋은 말이 담긴다. 부정적인 말은 이미 대화로서의 가치를 상실하고 있으며 상대의 인격과 성격에 모두 결함이 있음을 증명하고 있다.

그렇다고 자기의 주장이 말하는 사람의 주장과 크게 다른 것도 아니다. 듣고 보면 공통적인 것도 많다. 그러면서도 일단 부정적인 태도를 취하는 못된 버릇을 가지고 있다.

상대의 말을 부정하는 것은 대단한 실례이거니와 그 사람의 말 또한 상대도 부정하게 된다는 것을 자각해야 한다.

부정의 심리는 그럼 어디에서 나타나는 것인가?

말할 것도 없이 자기주장만을 관철시키고 싶은 심리에서 나오는 것이

며 자기주장의 확신이 서지 않았을 때 나오는 행위이기도 하다.

설령 상대의 이야기가 틀렸다 하더라도 그 말의 당위성이 있는 것인 만큼 상대의 이야기를 다 들어준 후에나 상대가 주제의 핵심을 다 말하고 난 뒤에 부정을 해도 부정해야 한다. 그래야만 상대도 당신의 부정에 대한 부정을 덜 나무랄 수 있다.

이야기의 논조를 진행하다 보면 어찌 의견이 모두 합치될 수 있겠는가? 하나의 사물을 지켜보아도 다 감상이 다르듯 견해도 다른 것인데 부정은 있을 수 있다. 그런데 부정의 뜻이 담기지 않은 부정으로 상대의 말을 묵살해버리는 태도가 문제란 얘기다.

말은 권리다.

그 권리를 부정하면 권리를 박탈하는 것과 다르지 않다. 그건 올바른 사람이 행할 태도가 아니다. 누구도 말하는 사람의 권리를 박탈할 권리가 없다. 상대의 권리를 박탈하고자 하는 사람은 대화에 참여할 자격이 없다. 그런 사람은 거울 앞에서 혼자 얘기를 하고 혼자 대답하라. 이러한 사람들이 설 자리는 없다. 사회생활에서도 이런 사람은 소외되기 십상이다.

Plain of poverty and die a beggar.
빈곤을 한탄하면 거지로 죽는다.

우리들은 저마다 자신이 인생의 무대에서 주인공이란 착각에 빠져 있다. 모든 사람의 시선이 내게 집중되기를 원하며 다른 사람들은 관중일 것이라 생각한다.

부탁이나 거절은 최대한 자제해서 말하라

거절할 때는 당신의 어느 한 부분을 밀어내는 것과 같은 심정으로 하라.
왜냐하면 그 사람도 당신의 일부분일 수 있기 때문이다.

나의 요구사항이 상대에게 어려움을 부탁하는 것이라면 정중한 자세와 공손한 말씨로 하라. 가장 어려운 것은 상대가 부탁하는 것을 거절하는 일이기 때문에 더욱 그렇다.

부탁하는 일도 거절하는 일도 설득과 마찬가지로 이해와 협력을 얻는 게 목적임을 분명히 알고 거기에 맞는 행동과 처신이 요구되는 일임을 잊어선 안 된다. 이해와 협력을 통해 상대의 협력을 촉구하는 소통으로 상대를 설득하기 위해서는 현황이나 배경, 필요성을 알기 쉽게 설명할 수 있어야 한다.

부탁이든 거절이든 공통적으로 등장하는 것이 상대를 존중하는 일이다. 그리고 부탁을 들어줄 것인가 거절할 것인가를 명확하게 하는 일이다.

인정상 차마 거절할 수 없어 들어주는 일은 자칫 화를 불러오기 쉽다. 부탁을 받아들여 놓고 제대로 처리해 주지 못하면 거절하는 것만 못하다. 이로 말미암아 나중에는 관계까지도 멀어지게 되는 결과를 낳기도 한다. 그래서 처음부터 하지 못할 일은 상대방을 잘 이해시켜 거절하는 것이 관계를 더 오래 지속시키는 한 방법이다.

거절은 인간관계의 끝이 아니다. 당장은 소원한 관계가 되겠지만 오히려 더욱 확실한 관계를 만들 수 있다. 거절할 때는 당신의 어느 한 부분을 밀어내는 것과 같은 심정으로 하라. 왜냐하면 그 사람도 당신의 일부분일 수 있기 때문이다.

부탁은 부탁을 하는 사람이나 거절하는 사람이나 심정은 매양 마찬가지이다. 부탁을 하면서 어렵고 거절하면서 어려운 이런 관계를 자연스러운 관계로 연장시키려면 서로의 감정을 상하지 않게 하는 방법을 찾을 수 있어야 한다. 그 방법의 하나로 자신의 입장을 상대방의 입장에서 생각하는 일이다. 그러면서 진정성을 잃지 않고 미안한 마음으로 대하는 일이다.

All is the grist that comes to the mill.
방앗간에 오는 것은 다 곡물이다.

어느 분야에 성공한 사람들은 모두 한결같이 쉽지 않고 부지런히 자신이 뜻하는 바를 향하여 걸은 사람들이다.

173

고정관념을 버리고 말하라

고정관념을 가지고 대하는 사람들의 태도에는
못된 우월감이 자리하고 있다.

저 사람이 어떨 것이라는 고정관념은 대화법에서 버려야
한다. 부정적으로 규정을 짓는 것은 나쁜 행위이다. 우리들이
저지르는 잘못 가운데서 가장 큰 것은 다른 사람에 대해 갖는
편견이다. 개인의 감정이나 고정관념을 보태지 않고 듣는 습
관을 가져야 상대의 정확한 의도를 파악할 수 있다.

상대가 나보다 지위가 낮으니까, 학력이 모자라고 또한 경
제적인 여력도 나보다 적으니까 내 방식으로 아무렇게나 대화
를 해나가도 된다는 식의 고정관념을 머릿속에 박고 이야기를
진행해나가서는 안 된다.

어리석다든가 능력이 없다는 식으로 선입관을 가지면 그
사람이 이야기할 때 충분한 주의를 기울이지 않게 된다. 들을
필요가 적다고 먼저 판단해 버리게 된다. 그 사람에게 말할 때
에도 성의가 없게 된다. 말의 주제가 실종되고 대강 얼버무려
얘기하려는 습성이 생겨난다.

옹이가 박히듯 박힌 고정관념을 빼버려라. 그 사람은 그대

로 머물러 있지 않는다. 그가 어떤 사람이라는 것은 먼 옛날에 내가 일방적으로 생각해 버린 고정관념일 뿐이다.

괄목상대라는 말이 있다. 눈을 비비고 다시 본다는 뜻으로 설령 고정관념이 뿌리박힌 사람일지라도 다시 볼 수 있는 마음의 여유를 찾아라.

고정관념은 사실 지우기가 어렵다. 한 번 박힌 인상으로 그가 어떤 사람이라고 결론을 내린 것이기 때문에 더욱 그렇다. 그런 고정관념을 지우기 위해선 그에게서 바람처럼 느낄 수 있는, 고정관념을 일거에 부숴버릴 수 있는 그런 무엇이 있어야 하는데 그런 것을 발견하지 못했을 때는 더욱 그렇다.

그래도 말과 행동에는 성의가 필요하다. 그것이 올바른 사람이 취해야 할 태도다. 고정관념은 고정관념일 뿐이다. 그것을 탈곡시킬 정신상의 그 무엇이 필요하다. 고정관념을 가지고 대하는 사람들의 태도에는 못된 우월감이 자리하고 있다. 그 우월감도 고정관념으로 무시되는 사람의 그것과 다르지 않다.

Faults are thick where love is thin.
사랑이 엷으면 결점은 두껍다.

사람은 누구나 자기가 옳다고 굳게 믿는
일을 해낼 수 있는 힘을 가지고 있다.

부정적인 표현을 사용하지 마라

입에 좋은 말을 달고 사는 사람이 되면 모든 세상이 환하게 보이고
입에 나쁜 말을 달고 사는 사람은 세상이 어둡게 보인다.

"넌 안 돼."

"네 실력으론 어림없어."

우리는 상대방에 대해서 이렇듯 부정적인 말을 아무 거리낌 없이 하
는 경우를 종종 경험한다. 그러나 이러한 부정적인 표현들은 상대방의
자존심을 깎아내리는 행위이며 상처를 주게 된다. 그리고 언어에 감정이
개입되면 참뜻을 파악하기가 힘들다.

말을 시작하기도 전에 먼저 이러한 부정적인 결론을 내리고 나면 이
미 본론에 들어가지도 않고 감정을 자극해 버려 그 이후에 나누는 대화
를 본래의 목적으로 끌고 가기 어렵다.

일본 학자인 하야까와 씨가 쓴 《언어의 사용과 오용》을 읽거나 웬델
존슨 씨가 쓴 《난처한 사람들》을 읽어보면 얼마나 언어가 괴물 같은가를
알 수 있다. 얼마나 언어가 무지막지한 힘을 가지고 있는지도 알 수 있
다. 한 마디 단어가 오용되거나 잘못 전해질 때 기가 막힌 일이 일어난
다. 단어는 음성 상으로는 아무 의미도 없는 부호의 나열과 구성에 의미
를 입힌다. 그런 후에 그 의미에 접착해 마치 강력한 본드처럼 붙어 버린

다. 우리는 단어와 지적 의미와 정적 의미를 모두 입히고 그 의미와 함께 살고 있는 것이다.

언어를 다스려라. 우리가 사용하는 언어에 부정적인 단어가 부정적 의미를 담고 상대방에게 던져지면 그 표현의 화살은 상대방도 상대방이지만 나 자신에게 되돌아온다는 사실을 잊지 마라.

부정적인 말을 긍정적인 말로 모두 바꿀 수는 어렵겠지만 될 수 있는 한 긍정적인 말을 하면 세상의 모든 일이 밝고 깨끗하게 보여 내 마음도 밝고 깨끗해진다.

"넌 할 수 있어."

"네 실력으로 충분해."

이런 긍정적인 말로의 전환이 필요하다. 앞에서 말한 부정적인 표현보다 이 얼마나 듣기 좋은 긍정의 말인가. 입에 좋은 말을 달고 사는 사람이 되면 모든 세상이 환하게 보이고 입에 나쁜 말을 달고 사는 사람은 세상이 어둡게 보인다. 밝음 속에서의 삶과 어둠속에서의 삶의 차이는 그렇게 큰 것이 아니다.

All that glitters is not gold.
빛나는 것이 모두 금은 아니다.

> 그대만큼 남도 할 수 있는 일이라면 하지를 마라.
> 그대만큼 남도 할 수 있는 말이라면 하지를 마라.

상대방이 능력에 대해 자신감을 갖도록 격려를 아끼지 마라

나의 할 일은 나에게만 국한되는 것이 아니라 타인에게도
얼마든지 영향을 줄 수 있다. 그것이 말의 힘이며 존재다.

"당신의 능력은 참 대단해. 분명히 해낼 수 있어."

당신의 그 한 마디가 어려운 일에 처한 사람이나 힘든 일에 부딪친 사람에게 커다란 용기와 위안을 줄 수 있다. 거창한 말만이 그런 것들을 해결해 주는 것은 아니다.

사람은 자기의 능력을 알아주는 사람을 위해 모든 힘을 아끼지 않는다. 다소 능력이 모자란 사람이라 할지라도 능력에 대한 신뢰와 칭찬을 받으면 그것을 능히 해낼 수 있는 잠재력을 나타낸다.

능력 이상의 초인적인 힘을 발휘하는 사람들을 간혹 보게 된다. 그런 사람들을 보면 자신에게 보인 신뢰를 발견했을 때와 격려를 받았을 때에 그런 힘을 가장 크게 나타낸다는 것을 알 수 있다. 세상의 업적을 이룬 사람이나 학교에서 공부를 하는 아이들에게나 공통적으로 나타나는 것은 잘할 수 있다는 격려를 받아 자신감이 생겼을 때이다.

격려를 아끼지 마라. 격려의 그 말이 상대의 무한한 잠재력을 일깨운다. 또한 격려를 아끼지 않은 사람의 존재감을 영원히 잊지 않으며 자신

이 보인 능력의 대부분을 그 격려에 힘입은 바로 생각하여 은혜로 연결
한다.

"한번 해봐. 멋지게! 자신감만 잃지 않는다면 자네의 능력으로 충분하
다니까!'

과연 내 능력으로 할 수 있을까에 회의하던 사람도 이런 격려의 말을
들으면 어느새 할 수 있다는 믿음으로 전환된다. 그 믿음으로 해내고
말았다는 결론에 도달하는 일만 남는다.

나의 할 일은 나에게만 국한된 것이 아니라 얼마든지 타인에게 영
향을 줄 수 있다. 그것이 말의 힘이며 존재다. 말은 어떻든 어떤 말이냐
에 따라 상대에게 힘을 줄 수도 있고 힘을 잃게 할 수도 있다. 타인을 살
릴 수도 있고 죽일 수도 있다. 나를 존경받게 할 수도 있고 힘오를 갖게
할 수도 있다.

말의 정체는 좋은 것에 사용되는 것에 있다.

An old friend is better than two new ones.
옛 친구 하나가 새 친구 둘보다 낫다.

내가 약하면 그만큼 운명은 강해진다.
겁이 많은 사람은 운명이란 갈퀴에 걸리고 만다.

초면인 사람에게 직장이나 직위, 나이를
묻는 행위는 삼가라

개인적인 프라이버시에 속한 일들은 본인
스스로 말하기 전에 먼저 묻는 것은 실례다.

처음 만난 사람에게 쓸데없는 괜한 것을, 불필요한 질문을 하는 사람
이 의외로 많다.

"어느 직장을 다니시죠? 직위는 뭡니까?"

"올해 나이는?"

이런 질문은 상대가 먼저 말해주기 전에는 하지 않는 것이 좋다. 개인
적인 프라이버시에 속한 일들은 본인 스스로 말하기 전에 먼저 묻는 것
은 실례다. 그럼에도 불구하고 느닷없이 이런 질문을 하는 사람들이 의
외로 많다.

적당히 좋은 직장과 나이에 걸맞은 직위를 가졌다면 그나마 나을 수
도 있지만 그러지 못할 경우 상대는 말하기 쑥스럽고 밝히고 싶지 않아
머뭇거리게 된다. 나이 역시 밝히고 싶지 않은 어떤 이유가 포함되어 있
다면 그 물음에 대답하기도, 그러지 않기도 뭐한 묘한 입장에 처하기도
한다.

처음 만나서 대화를 진행해 가는 동안 그런 것들은 자연적인 흐름에

맡겨야 한다. 상대가 자신을 밝히기 위해 명함을 내밀거나 자신에 대한 소개를 하지 않는 한 먼저 묻지 않는 것이 예의이다.

또한 반대로 스스로 말하는 것 또한 해야 할 때와 그러지 않을 때를 잘 가려서 해야 한다. 전혀 알고 싶어 하지도 않고 해당되지도 않는데 자기를 소개한답시고 좋은 직장을 뽐낸다거나 좋은 학교를 나온 것을 자랑삼아 이야기한다면 상대는 이내 불쾌감을 드러내고 당신을 신용하지 않을 수도 있다.

사회생활을 하다보면 자기의 신상이 밝혀지는 게 의외로 민감한 사안으로 받아들여지는 경우가 많다. 상대방에 대한 관심은 그 관심에서만 끝내라.

To know how to wait is the great secret of success.
기다릴 줄 아는 것이 성공의 제일 큰 비결이다.

인간은 지금 있는 그대로 만족할 때에는
대단히 강해지고, 인간 이상이고자
할 때에는 대단히 약해진다.

내가 전달하려는 것이 무엇인지 잘 알고 말하라

나의 이야기 속에는 내가 무엇을 전달하고자
하는 상대가 있다는 사실을 잊어선 안 된다.

상대방과 대화를 나눌 때에는 내가 무슨 말을 하려는지 그 뜻이 확실하고 뚜렷해야 한다. 말할 때는 내가 이미 확실하게 알고 있는 것만 말하고 들을 때는 다른 사람이 알고 있는 것을 배우도록 하라.

"인간은 세상사 모든 것을 이야기를 통해 이해한다."

이 말은 사르트르가 한 말로서 대화의 중요성이 얼마나 중요한 말인가를 증명한다. 이야기는 인간이 소통할 수 있는 중요한 요소이기 때문에 이야기를 어떻게 해나가야 하는가는 우리 모두가 고민해야 할 중요한 명제다.

그리고 독일의 철학자 니체가 그의 저서 '인간적인 너무나 인간적인' 속에서 '우리들에게 언어가 주어진 것은 감정의 전달 때문이 아니다' 라고 말하고 있으나 이 말은 감정이나 마음을 정확하게 전달할 수는 없다는 뜻이기도 하다. 무엇보다 말하고자 하는 중심 내용에서 벗어나지 않도록 유의해야 한다.

이야기는 듣는 사람과 말하는 사람의 관계를 유지시킨다. 커뮤니케이션의 핵심에는 내가 무엇을 전달하려고 하는지, 아니면 상대의 의견이 무엇이며 내가 그것을 어떻게 받아들여야 할 것인지 결과의 차이를 항상 요구한다. 같은 이야기라 할지라도 말하는 사람의 얼굴 표정이나 목소리의 변화에 따라 완전히 다른 이야기가 될 수도 있기 때문에 남보다 뛰어난 화술을 지니려면 세부적인 것들도 고려해야 한다.

나의 이야기 속에는 내가 무엇을 전달하고자 하는 상대가 있다는 사실을 잊어선 안 된다. 자칫 이야기에 스스로 빠져 자신이 지금 상대에게 무엇을 전달하고자 하는 것을 잊는 경우가 많다. 그리고 말하는 사람의 약점은 자기가 한 말이 자신이 생각한 그대로 상대에게 전해졌을 거라고 믿는 일이다. 과연 그럴까?

동의하기 힘든 부분이 바로 여기에 해당된다. 이 말은 즉 자신이 생각한 그대로 상대에게 전해지기 어렵다는 말의 반증이기도 하다.

하나하나의 단어만이 아니라 전체가 유기적으로 정리되어 분명하게 의미가 전달되도록 해야 한다. 말하는 사람의 의미 내용과 듣는 사람의 의미 내용이 일치되어야 한다. 그러지 않으면 올바른 뜻이 전달되기가 사실 어렵다.

Better unborn than untaught.
배우지 않으려면 태어나지 않는 것이 낫다.

괴로움은 이 세상에 퍼져 있어서 그것을 밀쳐놓고
살아가는 사람은 하나도 없다. 부자인 사람이
괴로움이 없다면 가난한 사람은 하늘을 원망하게 된다.

말의 효과는 듣는 사람이 결정한다

이야기는 개념적인 것도 있고 구체적인 것도 있다.
하지만 말은 개념적인 것보다 구체적으로 말하는 것이 적절하다.

말에는 품위가 있어야 하고 교양이 있어야 한다. 교양이 있는 사람은 대화를 부드럽게 이어가고 상대방에 대한 배려 또한 잊지 않는다. 교양이 있다는 것은 자신과 다른 가치관도 허용하는 것으로서 자기만의 좁은 가치관에 머무르는 것이 아니라 다른 가치관을 이해하고 폭넓은 입장에서 판단할 수 있게 된다. 바로 이런 것이 상대방에 대한 배려에 속하는 것이다.

교양 있는 사람은 듣는 사람의 심경을 헤아리고 말하기 전에 부드러운 마음가짐을 잃지 않으며 알기 쉬운 표현으로 말하고 적절한 타이밍에 맞추어 이야기한다.

말에는 여러 가지 목적이 있고 내용이 있다. 따라서 어느 한 가지 방법만으로 모든 이야기를 완벽하게 할 수는 없다. 이야기는 개념적인 것도 있고 구체적인 것도 있다. 하지만 말은 개념적인 것보다 구체적으로 말하는 것이 적절하다.

"그 사람의 말은 참 이해하기 쉽다."

이렇게 평가받는 사람이 되어야 한다. 말을 이해시키지 못하면 결국 전부가 잘못 전달되는 경우가 많기 때문에 이야기는 될 수 있는 한 쉽게 해서 상대방으로 하여금 금방 이해할 수 있도록 해야 한다.

구체적으로 설명할 수 없다는 것은 즉 자기가 말하려는 것에 대해 사실을 제대로 파악하지 못했다고 볼 수 있다. 구체적으로 말하지 못하는 사람이 애매모호하게 추상적으로 말하게 되는 것이다.

The fool is busy in everyone's business but his own.
바보는 자기 일은 놓아두고 남의 일에 바쁘다.

조금밖에 모르는 사람이 큰소리로 떠들어대는
것이다. 많이 알고 있는 사람은 잠자코 있다.

생각은 빨리 하고 말은 천천히 하라

말은 천천히, 이 말이 내 입에서 빠져나갔을 경우
그것이 어떤 영향을 끼칠 것인가를 조심하지 않으면 안 된다.

생각하기 전에 말부터 앞세우는 사람이 있다. 이는 대뇌의 여과 과정을 거치지 않고 혀가 먼저 행동을 시작했기 때문이다.

대화가 시작되려면 잠시 숨을 고르고 어떤 대화로서 분위기를 끌고 가야할지를 생각하고 생각이 정리되면 천천히 또박또박 말을 하면서 침착성을 보이는 것이 좋다. 그러면 상대는 당신의 태도에 이미 압도되어 당신의 말에 귀를 기울이게 된다.

말은 신중하게 해야 한다. 한번 내뱉어진 말은 절대 거두어들일 수 없기 때문이다. 그래서 말하기에 앞서 생각을 빨리 하고 말은 천천히 심사숙고해서 하라는 말이다. 말을 빨리 하는 사람일수록 말에 대한 실수가 잦다. 그러고도 말에 대한 책임을 지는 일에는 인색하다. 동의할 수 없다는 빛이 역력하다. 이는 자신조차 자신의 말실수를 깨닫지 못하기 때문이다.

말처럼 쉽고 말처럼 위력을 발하는 것이 없다. 말로 운우의 정을 나누면 자식이 귀하고 말로 떡을 하면 세상 사람들이 다 먹고도 남는 법이다. 발 없는 말이 지구 어디라도 쉽게 빨리 갈 수 있으며 힘없는 말이 태산을

옮기는 법이다. 그러나 그런 것들 모두는 현실성이 없다는 것이 문제고 그대로 되지 않는다는 점을 간과해선 안 된다.

말의 본말은 그런 것이 아니다. 말은 진실성이 포함되어 전해져야 한다. 백지 상태로 말을 하게 되면 그것은 쉽게 더럽혀진다. 생각하고 말은 천천히, 이 말이 내 입에서 빠져나갔을 경우 그것이 어떤 영향을 끼칠 것인가를 조심하지 않으면 안 된다.

말이 말을 낳는다. 말을 신중하게 다스리지 않으면 말은 미친 말처럼 이리저리 뛰어다니면서 많은 사람을 다치게 할 수도 있다.

Truth may be blamed, but cann' t be shamed.
진실은 비난을 받을지 몰라도 수치를 당하지는 않는다.

사람에게는 두 가지의 의지가 있는데
하나는 위로 향하는 의지이고 하나는 아래로 향하는 의지이다.

긍정적인 말은 어떤 어려운 문제도 해결한다

부정은 절망적인 사고로 힘을 떨어뜨리지만
긍정은 희망적인 사고로 힘을 얻게 한다.

세상의 말 가운데 아마 긍정적인 말보다 사람에게 희망을 전달하는 말은 없을 것 같다는 생각이다.

말이란 것이 어떻게 표현하는가에 따라 부정적인 말이 될 수도 있고 긍정적인 말이 될 수도 있는데 어떤 말을 많이 사용하는가에 따라 당신에 대한 인상이 달라진다. 부정적인 일면, 긍정적인 일면에서 나타나는 형태는 내가 어떤 사람인가에 대한 인식의 푯말이 된다.

설령 부정적인 문제에 봉착하였다 하더라도 그 문제에 긍정적인 요소를 포함하여 말한다면 매사 모든 것이 즐겁고 사람을 보는 견해도 달라진다. 대인관계를 가장 원만하게 이끄는 하나의 방법이기도 하다.

어떠한 상황이 벌어졌어도 그 상황은 변하지 않은 그대로이다.

그럼에도 이를 부정적으로 받아들이지 않고 긍적적으로 받아들여 그 상황이 처한 문제가 해결될 수 있다면 여러분은 어떻게 할 것인가?

다시 말하지만 상황은 변하지 않는 그 상태 그대로 있다. 그 결론과 대항해 헤쳐 나가지 않으면 안 되는 것이 숙제로 남아 있다. 어차피 그 결론과 대항해 나가야 할 일이라면 긍정이 힘을 준다. 부정은 절망적인 사고

로 힘을 떨어뜨리지만 긍정은 희망적인 사고로 힘을 얻게 한다.

세상사 일체유심조다. 마음먹기에 따라 달라진다. 긍정의 힘은 놀라운 기적을 만든다. 절망을 희망으로 소생케 하며 어둠을 밝은 빛으로 전환시켜 준다. 둔화된 의식을 빠른 인식으로 바꾸어 그 자리에서 환희를 부르도록 하라.

Poverty consists in feeling poor.
빈곤은 가난하다고 느끼는 데 있다.

남의 말을 비평가나 재판관의 말처럼 듣지 마라.
자신의 생각은 잠시 유보하고
먼저 남의 말을 들으며 헤아려 주도록 하라.

자신의 마음을 솔직하게 표현하라

자신의 마음을 솔직하게 표현하는 것보다 당당한 것이 없다.
뚜렷하게 보이는 그 자체가 당신을 솔직한 사람으로 인식하게 한다.

자기 마음을 솔직하게 말하는 사람이 정말 강한 사람이며 매력 있는 사람이다. 좋으면 좋다고 말하고 싫으면 싫다고 말하며 기쁘면 기쁘다고 말하고 긴장되면 긴장된다고 솔직하게 있는 그대로 전하는 사람이 좋은 사람이다. 솔직한 말은 구도자의 말보다 더 큰 힘을 발휘한다.

자기를 솔직하게 보여 주는 것이 꾸며서 말하는 것보다 훨씬 매력적이다. 진실은 모든 것을 수용하고 포용한다. 거짓된 표현이 주는 감상과는 하늘과 땅 차이이다.

자신의 마음을 솔직하게 표현한다는 것은 거짓됨이 없다는 이야기다. 그래서 더욱 진실 되게 보이는 것이다. 자신의 마음을 솔직하게 표현했을 때 내가 받는 수혜가 바로 그것이다.

진실을 말하면 여러 가지 다른 것들을 기억할 필요가 없다. 옛말에도 하나의 거짓말을 유지하기 위해선 스무 개의 거짓말이 필요하다고 했다. 거짓말을 보호하기 위해선 또 거짓말을 만들어내야 하기 때문이다.

솔직함은 모든 것을 수용하고 받아들인다. 가장 큰 것이 나를 신뢰한다는 점이다. 신뢰한다는 점은 믿음이다. 세상에 믿음보다 나를 가치 있

May

Monday	Tuesday	Wednesday	Thursday	Friday	Saturday	Sunday
28	29	30	1	2	3	4
5	6	7	8	9	10	11
12	13	14	15	16	17	18
19	20	21	22	23	24	25
26	27	28	29	30	31	1

게 하는 것은 없다. 믿음보다 나를 신용장으로 인식하는 것이 없다.

"솔직히 말해서…"

이런 말을 말머리에 넣어 습관처럼 말하는 사람이 있다. 이는 가급적 사용하지 않는 것이 좋다. 어쩐지 그런 말을 하는 사람의 말은 믿음이 가질 않는다. 이번에 하는 말 이외의 말은 솔직하게 말하지 않은 것으로 표현되는 것 같고 진실과 거짓이 그 사람에게 공존하고 있다는 인식을 줄 위험이 있다.

자신의 마음을 솔직하게 표현하는 것보다 당당한 것이 없다. 뚜렷하게 보이는 그 자체가 당신을 솔직한 사람으로 인식하게 한다.

He is rich who owes nothing.
아무것도 빚지지 않은 사람이 부자이다.

자기 혼자 잘나기를 바라는 사람은
무조건 남의 결점을 찾아내 비난하려 든다.

대화는 열정을 보태서 해야 효과적이다

열정을 가지고 관점을 간단하고 명료하게 설명하라.
자신이 무엇을 원하고 무엇을 느끼는지에 대해 말하라.

남자와 여자를 불문하고 열정적으로 무슨 일에든 적극적인 사람은 언제나 상대방을 자석처럼 끌어당기는 힘을 갖고 있게 된다.

빈센트 주교는 사람들이 일상적 대화를 할 때에도 열정적으로 말하는 법을 배우도록 한다면 그들은 언제 어디서건 말해야 할 때 거침없고 자연스럽게 자신을 표현할 수 있게 된다고 말했다.

열정적인 소재를 선택하여 그런 열정을 대화 속에 풀어놓아라. 소재가 없는 가운데 보이는 열정은 열정일 수 없다. 그저 소란한 소리를 내는 수레와 별반 다르지 않다. 열정을 자극할 수 있는 것은 성공한 경쟁자와 비교시키는 것이다. 그것도 희망적으로 비교시키면 단번에 뜨거운 열정을 자극할 수 있으며 서로는 열정의 한 가운데서 진지한 대화를 나눌 수 있다.

열정을 드러내라. 진지한 것도 보충되어야 한다. 자기의 생각을 열정적으로 표현하면 상대는 그 열정에 감동되어 진지하게 듣게 되어 있다.

열정을 가지고 관점을 간단하고 명료하게 설명하라. 자신이 무엇을 원하고 무엇을 느끼는지에 대해 말하라. 듣는 자의 입장에 선다면 문제

를 명료화하기 위한 질문을 선택하라. 이 모든 것에는 열정이 묻어나 있어야 한다. 형식적인 말이 아니고 대강 들으려는 것이 아니고 몰입을 선택하여 적어도 듣는 시간이나 말하는 시간 동안은 진지하라.

열정보다 나은 강의는 없다. 그것은 대화의 몰입에 해당된다. 누구나 몰입해서 어떤 일을 추구하는 사람을 보면 아름답게 느끼고 거기에 동화된다. 그냥 건성으로 지나칠 수 없다. 아니 그러려고 해도 그렇게 되질 않는다.

대화의 키포인트로서 열정을 선택하라. 열정만이 좌중을 리드할 수 있다.

Never look a gift horse in the mouth.
선물로 받은 말의 입을 들여다보지 마라.

이미 흘러간 물로 물레방아를 돌릴 수 없다. 아무리
애써도 흘러간 물이 다시 오지 않는다. 그러니 슬프고
아쉬워도 과거는 과거로 묻어버리고 오늘을 살아가야 한다.

중요한 것은 무엇을 말하느냐가 아니라 어떻게 말하느냐이다

상대의 관심을 끄는 이야기는 독창적인 것이어야 하는데
그 사람이 아니면 들을 수 없는 특이한 체험 등의 이야기가 좋다.

아무리 좋은 이야기일지라도 상대방이 받아들이고 이해해 주지 않는 한 좋은 대화는 이루어질 수 없다. 말하는 사람이나 그 말을 받아들이는 사람이나 모두 감정을 이해하고 공감해야 하며 말이 쉽게 전달되고 공감대를 형성해야만 서로의 마음에 진심과 감동을 전할 수 있다.

그리고 상대의 관심을 끄는 이야기는 독창적인 것이어야 하는데 그 사람이 아니면 들을 수 없는 특이한 체험 등의 이야기가 좋다. 또한 사람들은 추상적인 말보다 구체적인 이야기에 더 관심을 가지며 말하는 사람의 이야기를 빨리 이해하게 된다.

"그렇게도 생각할 수 있겠군요?"

(그건 당신 생각이지요.)

"제가 미처 생각하지 못한 부분입니다."

(그 얘긴 나도 이미 알고 있던 이야기거든요.)

대화의 기술에 해당하는 것이 바로 어떻게 말하느냐이다. 같은 말이라도 어떻게 말하느냐에 따라서 받아들이는 사람의 태도가 달라진다. 같은 재료를 가지고 음식을 만들어도 만드는 사람에 따라 맛이 달라지듯 말도 마찬가지이다.

어떻게 말해야 하느냐에 고민하라. 이런 고민 없이 탄생된 말은 가급적 삼가고 조심해서 말하라.

내 말을 어떻게 요리해서 내놓을 것인가에 고심하라. 성의 없는 말이 성의 없는 답변을 불러오기 때문이다. 미각은 금방 반응을 나타낸다.

질 좋은 음식을 내놓는 것이 형편없는 음식을 내놓는 것보다 좋은 것은 너무도 당연한 이야기다.

Saying and doing are two things.
말하는 것과 행동하는 것은 다른 일이다.

불행을 불행으로서 끝을 맺는 사람은 지혜가 없는
사람이다. 불행을 앞에 두고 우는 사람이 되지 말고
불행을 하나의 출발점이라고 생각하는 사람이 되라.

말에는 나의 마음이 담겨 있어야 한다

사람의 심리엔 끌리는 사람의 말에는 귀를 기울이지만
그렇지 않은 사람의 말에는 마음의 문을 닫아버리는 성질이 있다.

대화를 시작한다는 것은 이야기를 시작하는 것이다. 그러나 중요한 것은 어떻게 상대방의 반응을 이끌어 낼만한 말을 하느냐이다. 반응을 이끌어내기 위해서는 그 이야기 속에 마음이 담겨 있어야 한다.

사람의 심리엔 끌리는 사람의 말에는 귀를 기울이지만 그렇지 않은 사람의 말에는 마음의 문을 닫아버리는 성질이 있다. 말속에 따뜻함이 깃들고 진실이 살아 있으며 나의 진정성이 담겨 있다면 사람은 그런 사람에게 호감을 가지고 다가온다.

음악을 잘 모르는 사람일지라도 베토벤의 음악을 들으면 누구나 마음이 사로잡히게 된다. 그것은 왜 그런가? 그 음악에 베토벤의 마음과 혼이 담겨 있기 때문이다. 건성으로 마지못해 억지로 하는 말속에는 진정성이 담겨 있질 않아 사람의 마음을 끌지 못한다.

말에 마음을 담아라. 말에 마음을 담는 것은 상대방에게 성의를 다한다는 뜻이고 상대방을 존중한다는 뜻이며 상대에게 한껏 다가서고 있다는 뜻이기도 하다. 말에 마음을 담아 이야기하는 사람은 일단 대화의 기술에 절반은 성공한 셈이 된다. 대화의 기술에 몇 가지 유형의 기술, 즉 절반의 성공을 거둘 수 있는 기술이 있지만 가장 기본적인 것이 바로 말에 마음을 담는 일이다.

마음을 담아 하는 이야기에는 친근감이 배어 있다. 상대를 만났을 때 일단 확보해야 하는 것이 바로 친근감이다. 친근감이 있을 때 상대의 말에 귀를 기울이게 되고 이야기의 핵심이 무엇이며 나와 대화를 하는 목적이 무엇인가를 먼저 파악하려든다. 그리곤 거기에 호응을 하여 느껴지는 친근감 속으로 다가온다. 어떤 관계를 목적으로 한 만남일지라도 친근감보다 나은 비즈니스가 없다.

Every oak has been an acorn.
모든 떡갈나무는 한때 도토리였다.

스스로 만족하는 것에 있다. 남보다 나은 점에서 행복을 구하고자
하면 행복은 영원히 찾아지지 않는다.

말의 속도에 변화를 주어라

말에는 분절이 있으며 억양을 통하여 높고 낮게, 그리고 강하고 약하게 강조할 부분에 악센트를 주면서 변화 있는 억양을 구사해야 한다.

말에 속도의 변화를 주는 것은 지루함을 털어내는데 그만이다. 또한 말에 강약이 생겨 듣는 사람으로 하여금 당신의 말에 빨려 들어가는 것을 느끼게 한다.

말은 어느 정도의 속도로 해야 하는지, 얼마만큼 해야 하는지 말과 말 사이에는 얼마나 간격을 두고 말해야 하는지는 각기 다른 기준을 가지고 있지만 모든 문화에는 그 문화에 속하는 암묵적인 규칙이 있다. 말에도 마찬가지로 분절이 있으며 억양을 통하여 높고 낮게, 그리고 강하고 약하게 강조할 부분에 악센트를 주면서 변화 있는 억양을 구사해야 한다.

뛰어난 웅변술로 유명한 링컨은 그만의 웅변술로 몇 단어를 아주 빠르게 말하고 정작 자신이 강조하고자 하는 대목에 이르러선 느긋한 목소리로 단어와 문구를 표현했다고 한다. 그리곤 또다시 그 대목을 지나치면 아주 빠르고 문장의 끝까지 단숨에 말해버리곤 했다고 한다. 그러니까 강조하고자 하는 단어 한두 개를 말하는 시간에 강조하지 않아도 될 단어는 대여섯 개를 말하는 시간과 등치시켰다는 점이다.

그리곤 연설 도중에 자주 말을 멈추는 것으로도 유명했다. 듣는 사람

의 가슴에 깊이 새기고 싶은 말이 있으면 몸을 앞으로 조금 숙이고 상대방의 눈을 들여다보며 말을 멈추었다. 이런 갑작스런 행동은 청중들을 사로잡는 묘한 힘을 일으켰다. 잠시 연설을 멈춘 순간, 사람들의 가슴 속에서는 다음에 어떤 말들이 나올 것인가에 대한 묘한 궁금증과 함께 그가 한 말의 효과를 진지하게 느끼고 있었다. 이렇게 말하던 그의 태도는 그곳에 모인 사람들에게 깊은 감동을 주었다.

링컨은 우리가 다 알다시피 상당히 못 생긴 얼굴을 가지고 있었다. 그럼에도 사람들이 그에게 친근함을 느끼게 된 것은 일단 그의 웅변술이었음을 짐작할 수 있다. 웅변술은 이렇듯 상대에게 끼치는 영향력이 크다.

Speech is the mirror of action.
말은 행동의 거울이다.

세상에 태어나 한 번도 좋은 생각을 가져보지 않은 사람은 없다. 다만 많지 않았고 계속되지 않았을 뿐이다.

첫인상도 대화이다

말은 첫인상을 전함에 중요한 요소이므로
부드럽게 말해야 하고 알기 쉽게 해야 한다.

첫인상과 첫마디는 대화에 있어 성패를 결정한다는 것을 잊지 말아야 한다. 상대를 휘어잡느냐 그러지 못하느냐는 대부분 첫인상과 첫마디에서 나타나는 것을 나는 많이 보아왔다. 첫인상을 만들 수 있는 기회는 두 번 다시 오지 않는다는 말을 여러분도 들어봤을 것이다. 그만큼 인간관계에서 첫 만남과 첫인상의 중요성은 아무리 강조해도 낯설지 않다.

첫인상에서 가장 좋은 무기는 밝은 미소다. 스피치를 전문업으로 하는 사람들을 보면 그들은 웃는 것에 목숨을 건 사람처럼 약간 오버한다는 느낌을 줄 정도로 과장된 웃음을 짓는 경우를 많이 본다. 그러나 과장된 웃음일지라도 굳고 딱딱한 표정보다 좋으니 그렇게 하는 것이다.

미소 띤 모습을 보고서 호감을 갖지 않는 사람은 없을 것이며 그런 사람에게 친절을 보이는 것이 인지상정이다. 사람은 본능적으로 밝은 것에 대한, 깨끗함에 대한 동경이 있다.

처음 만나는 사람과 대화를 할 때는 그런 밝은 웃음을 띠며 시작하고 상대에게 호감을 주는 화법을 사용하는 것이 중요하다. 그러나 이 화법이 그리 간단치 않다는 것을 우리는 잘 알고 있다. 남에게 호감을 준다는

것이 쉬운 것 같으면서도 쉽지 않은 이유, 우리는 그것을 찾아야 한다.

말에는 아름다움이 포장되어 있어야 한다. 그러기 위해서는 말에 경어를 담아야 한다. 경어는 상대방의 기분을 만족시키며 상대방과 대등하게 말하기 위한 무기라고 생각한다.

경어는 올바른 말씨를 사용함에 있어 반드시 지켜야 한다. 입으로는 경어를 사용하면서 태도가 나쁘면 오히려 경어가 상대방의 기분을 망가뜨리게 된다.

말은 첫인상을 전함에 중요한 요소이므로 부드럽게 말해야 하고 알기 쉽게 말해야 한다. 조용한 분위기에서 자신의 생각을 잘 전달해야 한다.

사람과 대면할 때에 반응을 체크해 보라.

"첫인상이 참 밝아요."

이런 말을 들으면 성공이다.

"……."

그러나 아무런 반응이 없으면 거의가 당신의 표정이 어둡고 첫인상을 좋게 남기는 것에 실패했다고 생각하면 된다.

사람들은 무의식중에 딱딱하고 굳은 얼굴을 하고 있는 경우가 많다. 이는 분위기에 억눌려 있기 때문이기도 하다. 아니면 평소 부정적이고 비관적인 생각에 익숙해 있으면 자기도 모르게 어두운 표정을 짓게 된다.

당신의 삶의 태도와 가치관을 긍정적이고 매사 희망적인 것으로 바꾸어라. 가치관이 긍정적으로 바뀌면 당신 삶의 모든 것이 행복하게 느껴질 것이고 그런 느낌 속에서 얼굴 표정도 자연 밝아지게 된다.

평소 웃는 연습을 많이 하는 것도 하나의 방법이다. 인체의 메커니즘은 억지로 웃는 웃음일지라도 웃음 자체로 말미암아 정말 즐거운 것처럼 반응한다.

대화는 여지없이 내가 만들어 가는 것이다. 첫인상을 좋게 만드는 것도 내 말에 성의를 보태 남들로부터 칭송을 받는 것도 모두 내 자신 스스로가 그렇게 되도록 조건을 부여하는 것이다. 그런 노력 없이 모든 게 이루어질 수 있다고 생각하지 마라. 모든 면에 익숙해질 때까지 노력하라. 저절로 익숙해지면 그 노련함에 더 이상 힘든 노력을 하지 않아도 좋은 대화를 만들어 갈 수 있다.

다시 한 번 강조하지만 첫인상을 어떻게 보여지게 할 것인가에 몰두하라. 이보다 나은 비즈니스가 없다.

There is a great deal in the first impressions.
첫인상은 매우 중요하다.

세상에 오래 지탱되는 것이라곤 없다. 뛸 듯한 기쁨도
어느 순간 시들해지고 또 다음 순간에 그것이 있는지
없는지도 모르게 되며 결국 보통 정신 상태에 흡수되고 만다.

대화의 끝을 중요시 여겨라

강렬한 여운이 남을 수 있도록 끝맺음을 중시하라.
끝맺음의 말은 명료하고도 간결하게 충분한 의미를 갖고 전달해야 한다.

대화의 끝은 전략적으로 아주 중요한 부분임을 잊지 마라. 마지막에 들은 말이 가장 기억에 남는다는 것을 명심하라. 그러하기 때문에 그들의 삶에 적용할 수 있는 핵심적인 것이 되어야 한다.

한 시간의 이야기를 들어도 두 시간의 이야기를 들어도 실상 머리에 남는 것은 몇 개의 이야기에 불과하다는 것이 일반적 통계다. 거기에서 빼놓을 수 없는 것이 이야기 말미에 다시 한 번 강조하는 주제다.

"여태까지 한 말을 정리하자면……."

그러면서 여태까지 말한 것을 요약하여 설명한다. 포인트를 압축시켜 결론을 내리는 것도 하나의 좋은 방법이 될 수 있다. 이때 강조하고 싶은 말이 있으면 '다시 한 번 말씀드리자면……' 하고 다시 한 번 설명하는 것도 그리고 내가 말한 것의 이해를 구하고자 듣는 사람들에게 '그렇게 생각하지 않으십니까?' 하고 찬동을 촉구하는 것도 하나의 좋은 방법이다.

말의 유형에 따라 다르겠지만 만일 당신이 이야기하는 장소가 어떤 문제를 안고 그 문제를 개선시키거나 목적을 이뤄야 하는 문제들이라면

'목표를 향해 전진합시다!' 하고 구호적으로 외치면서 청중들을 이야기의 주제 속으로 깊숙하게 끌어들이는 방법도 선택해 봄직하다.

어떠한 이야기도 서론이 있고 본론이 있고 결론이 있다. 서론과 본론은 결론을 위해 존재한다. 아무리 서론과 본론을 잘 이야기해도 결론이 명확하지 않으면 그동안 무슨 말을 들었는지 헷갈릴 때가 많다.

이야기는 끝맺음이 좋아야 한다. 말은 어디서고 끝나는 법이다. 이야기의 끝맺음이 좋지 않으면 효과적인 말이 될 수 없다. 강렬한 여운이 남을 수 있도록 끝맺음을 중시하라. 끝맺음의 말은 명료하고도 간결하게 충분한 의미를 갖고 전달해야 한다.

Do not whistle until you are out of the wood.
마지막까지 방심해서는 안 된다.

나를 진정 사랑해 주는 사람은 내가 무엇을 했건,
앞으로 무엇을 하건 상관없이 내가 내 자신을 사랑
하는 것만큼이나 나를 사랑해 주는 사람이다.

당신의 생각을 상대방이 믿고 있는 것과 연결시켜라

상대방이 믿고 있는 것은 적어도 상대방에게 있어선
진리로 통한다. 그 믿음이 굳건한 것일수록 공고하다.

사람들은 대체적으로 자기중심적인 성향을 가지고 있는데 자기에게 필요한 것일수록 많은 관심을 갖는다. 그래서 당신의 생각이 상대방의 생각과 일치되는 것을 선택하는 것이 공감을 형성하는데 매우 필요하다.

상대방이 믿고 있는 것은 적어도 상대방에게 있어선 진리로 통한다. 그 믿음이 굳건한 것일수록 공고하다. 그렇게 상대방이 믿고 있는 것이 무엇인가를 간파했으면 나의 생각을 그리로 끌어가는 형식이다. 그리곤 동일한 생각에 머물러 상대방의 판단을 이해하는 것이다.

이런 관계유지는 인과관계에서 정말로 필연성을 가지고 있다. 이보다 나은 교감의 형태를 나는 아직 보지 못했다. 적어도 상대방이 믿고 있는 생각을 내 생각과 연결시킨다는 것은 그렇게 쉬운 일이 아니기 때문이다.

하지만 상대방이 믿고 있는 것이 현실감이 떨어지거나 이상적인 상태에 머물러 있다면 거기에 동조하는 것은 마땅치 않다. 내가 말하려 하는 것은 바로 사람마다 차이가 있는 견해를 좁히라는 뜻이며 그 견해를 충분히 이해하고 동조하라는 뜻이다.

의식은 의식끼리 부딪친다. 생각은 저마다 자기 진리의 주장을 가지고 있다. 그래서 나와 타자의 생각이 서로 연결되어 하나의 믿음을 유지해 나간다는 것은 보통 어려운 일이 아니다. 그런 어려움이 있기에 대화의 기술로 강조하는 것이기도 하지만 이는 대화의 본연의 자세로 인식하고 있으면 이 말을 이해하는데 충분히 도움될 것이라 믿는다.

자칫 애매모호하게 느껴질 수도 있는 이 말을 이해하라. 이 말의 뜻이 단순한 뜻임을 기억하라. 대화의 키워드는 얼마큼 상대방과의 교감을 나눌 수 있는가이다. 강물은 이 가슴에서 저 가슴으로 함께 한 흐름으로 운반되어 흘러가야 한다. 한쪽은 강물이고 한쪽은 바닷물이어선 올바른 대화나 관계를 성립할 수 없다.

Love is time runs faster than the clock.
사랑의 시간은 시계보다 빨리 달린다.

아무것도 이루지 못했으면서 이루었다고 말하는 것은
속임수이다. 자기의 옳고 그름을 잘 살펴라.

말은 한 말 그대로 돌아온다

남의 장점을 찾아 이야기하는 사람과
남의 단점을 찾아 이야기하는 사람은 그 질이 다르다.

좋은 말을 하면 좋은 말이 돌아오고 나쁜 말을 하면 나쁜 말이 돌아온다.

남에 대해서 또 남의 일에 대해서 말을 삼가라.

사람은 누구나 그가 하는 말에 의해서 자기 자신을 비판한다. 원하든 원하지 않던 간에 말 한 마디 여하가 남 앞에 자기의 초상을 그려 놓는 셈이다.

남의 말을 안주삼기 좋아하고 남의 스캔들을 떠벌이며 또한 남의 험담 늘어놓기를 좋아하는 사람들의 공통점은 그와 유사한 행동을 벌이는 사람들이다. 동질성의 감각이 부채질하는 것과 같다.

자신의 행실이 올바르고 떳떳한 사람은 남에 대한 이야기를 입에 오르내리지 않는다. 남의 험담을 하는 것조차 부끄럽게 생각한다. 남의 장점을 찾아 이야기하는 사람과 남의 단점을 찾아 이야기하는 사람은 그 질이 다르다.

지혜로운 사람의 의식은 차원이 다르다. 이미 어떤 말을 해야 옳은 것인가를 판단하고 말은 한 말 그대로 돌아온다는 것을 알고 있다. 해야 할 말과 하지 말아야 할 말을 가릴 줄 안다. 어리석은 사람이 생각대로 말하고 입에서 튀어나오는 대로 말하는 법이다. 자신이 한 말이 어떤 영향으로 자신에게 화를 미칠지 모르고 있다.

말은 소문을 달고 떠돈다. 나쁜 말은 나쁜 말대로 좋은 말은 좋은 말대로 그 형상을 그대로 유지한 채 그 말의 주인을 기막히게도 잘 찾아간다. 그래서 발 없는 말이 천 리를 가는 것이고 또한 비밀이 없다는 것이며 여지없이 주인을 찾아가 그대로 전달한다.

험담은 험담을 낳아 돌아오고 좋은 말은 좋은 말이 되어 돌아온다. 이것은 진리이다. 나쁜 말을 하고 좋은 말을 기대한다는 것처럼 어리석은 일이 없으며 좋은 말을 하고 나쁜 말이 들려올 것이라고 생각하는 사람도 없다. 험담은 되로 주고 말로 받으며 좋은 말 역시 되로 주면 말로 돌아온다. 콩 심은데 콩 나고 팥 심은데 팥이 나는 것처럼 험담 속에 험담 있고 좋은 말 속에 좋은 말 있다.

Sudden friendship, sure repentance.
갑작스러운 우정은 반드시 후회를 부른다.

인생에 있어 기회가 적은 것은 아니다. 그것을 볼 줄
아는 눈과 그것을 붙잡을 수 있는 의지를 가진 사람이
나타나기까지 기회는 묵묵히 기다리고 있는 것이다.

옳은 반대는 적극적으로 받아들여라

옳은 반대는 나쁜 일을 지적하는 것이 된다.
그럼에도 그 지적을 받아들이지 않는다는 것은 큰 잘못이다.

아무리 자신에게 불리해도 옳은 반대는 적극적으로 받아들이는 것이 좋다. 당장은 그것이 괴로울지라도 결국은 자신에게 유리하게 작용을 하고 옳지 못한 곳에서 자신을 구하게 된다.

그러나 많은 사람들은 반대 그 자체를 싫어해 그것을 피하려는 성향이 있다. 하지만 엄연히 찬의를 표하는 일 다르고 반대하는 일 다르다. 옳은 일인 줄 알면서 반대를 하는 사람이 있는가 하면 나쁜 일이면서 찬의를 표하는 사람이 있다.

옳은 반대는 나쁜 일을 지적하는 것이 된다. 그럼에도 그 지적을 받아들이지 않는다는 것은 큰 잘못이다. 세상에는 선과 악의 구별이 있으며 정의와 부정의가 대립하고 있다. 자신의 이익에 반한다고 해서 옳은 반대를 묵살하는 것은 결국 자신의 이익을 포기하는 결과를 가져온다. 진실은 한 가지이고 정의는 반드시 이기게 되어 있고 옳음이 그른 것을 이기게 되어 있기 때문이다.

자신의 과실을 인정하는 일은 매우 힘들다. 여러 의견을 가지고서 적극적인 토론이 진행될 때 특히 그렇다. 그래서인지 뻔히 잘못인 줄 알면

서도 자신의 체면 때문에 극구 토를 달고 변명을 늘어놓는 사람이 있다. 그러나 몇 걸음 가지 못해 자신의 잘못을 인정할 수밖에 없는 것은 자신의 주장이 애당초 올바르지 않은 일이기 때문이다. 진실이 결여되어 있었기 때문이다.

설령 옳은 주장일지라도 반대의 입장에서 말한다는 것은 그리 유쾌하지 못한 일이다. 그러나 그렇다고 옳지 않은 일이 뻔함을 알면서도 그대로 묵인하거나 그것에 찬의를 표하는 일은 올바른 사람이 취할 태도가 아니다. 그리고 옳은 반대임을 알면서 받아들이지 않는 일 또한 정직한 사람의 태도가 아니다.

옳은 반대이기 때문에 그 반대를 받아들이는 것은 좋은 충고를 받아들이는 것과 별반 다르지 않다.

Success has brought many to destruction.
성공은 많은 사람을 파멸로 이끌었다.

사람이 사람답게 살아갈 수 있는 힘은 오로지
의지력에 달려 있다. 주걱으로 물을 뜰 수 없다.

225

남을 인정해 주는 말을 하라

상대방을 인정하는 것은 가점加點을 주는
것이기 때문에 이보다 나은 칭찬은 없다.

남들에게 인정받고 싶어 하는 욕구는 대부분의 사람들이 간절하게 원하는 것이다. 어쩜 그런 욕구가 인간의 마음에 도사리고 있고 가장 빠르게 융기할 준비가 되어 있는지도 모른다.

그런 인간의 심리를 파고들어 상대방을 인정해 준다면 그 반응은 어떨 것이며 결과는 어떻게 나타나겠는가?

"자네는 능히 이 일을 해낼 수 있는 사람이라고 나는 확신해."

"원래 그 사람은 실력이 있는 사람이었거든."

상대방을 인정하는 것은 가점加點을 주는 것이기 때문에 이보다 나은 칭찬은 없다. 비루하게 아첨하기 위해서 하지 않는 이상 남을 인정하면서 칭찬하는 일은 아무리 권해도 모자람이 없다.

매사 모든 일에 그럴 수는 없지만 상대의 능력을 인정하고 인품이 존경할 대상임을 인정하는 등등의 말은 자신의 의식에 습관처럼 가두고 기회가 될 때마다 꺼내 쓰는 일이 좋다. 사람마다 좋은 일을 찾으려 든다면 몇 가지 좋은 일은 누구에게서든 찾을 수 있는 일이기 때문에 그리 어려운 일이라고 보진 않는다.

남에게서 인정을 받는 일처럼 기분 좋은 일은 없다. 어느 분야에서건 마찬가지다. 학문을 인정받는 일, 일의 능력을 인정받는 일, 실력을 인정받는 일들은 일정 그 분야에서 상위에 속함을 담보해 둔 일이기 때문에 더욱 그렇다.

상대에게 그런 기분을 전달하는 자는 바로 당신 자신이다. 그런 전달자로서의 역할을 담당했을 때에 당신의 기분 또한 상당히 좋을 것은 뻔한 일이다.

자기를 좋게 인정해 주는 사람 앞에서 사람들은 상당히 부드러워진다. 신축성 있는 몸놀림으로 당신에게 다가와 얼굴에 잔뜩 웃음을 발리고 어떻게 하면 당신에게 헌신할 것인가를 고민한다. 그리고 당신을 영원히 좋은 사람으로 기억한다.

Make hay while the sun shines.
해가 비출 동안에 건초를 만들어라.

유리 상자 속에 넣어 둔 개성은 시들지만 남과 자유롭게
행동할 수 있는 개성은 아름답게 피어나는 법이다.

대화에도 목적이 있다

대화는 내가 왜 이것을 이 사람에게 이야기하는가?
이 사람이 내 말을 듣기를 원하는가를 따진 다음에 시작해야 한다.

나 아닌 남과의 대화에는 분명한 목적이 있다.

물건을 파는 일이든 남을 교훈시키는 일이든 인간관계를 만들기 위한 것이든 정보를 전달하기 위한 것이든 모든 대화에 목적이 없을 수 없다. 그러기 때문에 자신의 대화에는 상대에게 관심을 보일 수 있는 그 무엇이 포함되어 있어야 한다. 때론 호소력이기도 하고 때론 주입을 시키기도 하면서 자신의 목적이 주제하는 것을 실천해야 한다.

어떻게 하면 정확하게 자기의 생각과 자기의 느낌을 상대방에게 전달할 수 있을 것인가 하는 것을 전제하고 말해야 한다. 또한 상대방의 처지를 인정하면서 자신의 의사와 생각을 상대에게서 인정받고, 주어진 당면 문제를 해결하며 서로 협력하는 것을 전제로 해야 한다.

그러기 위해서는 어떤 일들이 전제되어야 할까.

효과적인 화법이란 필요한 것을 올바르게 상대방에게 전하는 전달기술인 동시에 각기 다른 입장에 있는 사람들이 서로 주어진 문제를 해결해 나가는 이해의 기술이기도 하다. 말의 일차적인 목적은 자신의 생각과 느낌을 정확하게 전달하는 것으로서 이를 말의 기능에 따라 나누어

본다면 상대방을 설득하기 위해, 청탁하기 위해, 신뢰를 얻기 위해 등 여러 가지가 있다.

대화의 목적을 원만하게 이끌기 위해서 가장 먼저 필요한 것은 상대방으로부터 친숙함을 느끼게 하는 것이다. 그렇지 않고서 대화를 시작해 나가면 그 대화가 생각처럼 쉽게 이루어지지 않는다.

"안녕하세요?"

"만나서 정말 반갑습니다."

"당신을 만나고 싶었습니다."

이러한 인사의 말미에 친화적인 행동이 곁들면서 상대의 손을 잡는다면 그 대화는 이미 절반의 성공은 가져온 셈이 된다. 인사는 상대에게 내자신이 전하는 최초의 행위이다.

대화는 상대방과 나와의 상호작용이다. 이런 상호작용이 이루어지지 않으면 대화의 목적에 한 발짝도 다가갈 수 없다.

대화는 내가 왜 이것을 이 사람에게 이야기하는가, 이 사람이 내 말을 듣기를 원하는가를 따진 다음에 시작해야 한다. 목적을 말하는 데 있어서 이런 확인은 꼭 필요하다.

쓸데없는 말이란 목적을 상실한 말이란 뜻이다. 말 같지 않은 말들만 오가는데 알맹이가 하나도 없는 말, 거기엔 시끄러움만 배어 있을 뿐이다.

말을 상당히 잘한다는 사람도 가끔 이야기하는 도중에 흥분의 어떤 충동에 빠져 횡설수설하는 경우가 있다. 이는 많은 사람들 앞에서 흥분하여 말할 때 종종 나타나는 실수이다.

목적을 염두에 두고 이야기한다면 상대가 흥분해 말하거나 입에 담지 버리지 않고 있으면서 대화를 진행해 가면 결코 내가 지금 무엇을 이야기하고 있는지 횡설수설하지 않을 수 있다.

길을 가도 목적지가 있어 길을 떠나온 것처럼 말을 해도 말의 목적이 있어 시작하게 된 것이다. 말의 목적이 곧 말의 핵심이 된다. 그러니 항상 그 핵심을 상기하고 말의 본말을 이어가도록 하자. 본말이 전도된 이야기가 바로 횡설수설이다.

It is easier said than done.
말하기는 쉬우나 행하기는 어렵다.

좋은 일을 하려고 마음을 쓰기보다는 차라리 좋은
인간이 되려고 노력하라. 빛나려고 생각하기보다
차라리 더러움이 없는 인간이 되려고 노력하라.

말은 시작이 성패를 좌우한다

말의 시작이 상대의 마음을 잡아버리면
이미 내가 하고자 하는 말의 의미는 거의 전달된 셈이 된다.

말의 시작은 스피치를 살리는 중요한 구실을 하므로 듣는 사람에게 처음부터 별 것이 아니라는 인상을 주어선 안 된다. 말하는 사람이 듣는 사람의 마음을 불러일으키는 것도, 듣는 사람에게 실망을 안겨주는 것도 말의 시작에서 결정된다는 것을 알라.

청중 앞에 서서 말하는 사람은 청중 앞에 서는 순간 온화한 표정을 지으며 호감어린 태도로 정중하게 인사를 하고 연설을 시작해야 한다.

"말을 꺼내고 나서의 10초는 다음의 10분보다 중요하다. 최초의 열 마디 말은 나중의 천 마디보다 중요하다."

이 말은 미국 세일즈맨의 유명한 지도자 앨마펠라가 한 이야기이다.

"나는 오늘 여러분과 자리를 함께 한 것을 매우 자랑스럽게 여깁니다."

이 말은 석유 왕 록펠러가 콜로라도 주의 유전에서 일어난 대파업을 수습하기 위해 자신을 살해하려고까지 한 노동자들 속에 들어가 맨 처음 한 말이다. 이 말은 격앙된 노동자들의 분노를 가라앉혔다.

말의 시작은 이렇듯 중요하다. 말의 시작이 상대의 마음을 잡아버리

면 이미 내가 하고자 하는 말의 의미는 거의 전달된 셈이 된다. 상대에게 다가가는 듯한 말로 시작된 말의 시작, 여러분은 여러분의 스피치를 위해 어떻게 처음 말의 시작을 열어야 할 것인가에 대해 연구할 필요가 있다. 말의 시작이 성패를 좌우하는 것이라면 그 말의 중요성을 감안해 철저히 준비해 둘 필요가 있다. 단 한 사람과의 대화라 할지라도 그 서두를 열어 갈 말을 나의 고유한 대사로 적절하게 갖추어 두는 것이 좋다.

연설과 대화는 다르지만 나의 뜻을 전달한다는 의미에서는 같다. 연설이 다분히 주입식에 기인한 말이라면 대화는 상호 교감을 통한 말의 교류이기 때문에 엄격한 의미에서는 다르다고 할 수도 없다. 연설이 되었든 대화가 되었든 상관없이 첫 서두로 시작되는 말의 중요성을 새겨라. 미국 세일즈맨의 지도자 앨마펠라의 이야기를 다시 한 번 새기자.

"말을 꺼내고 나서의 10초는 다음의 10분보다 중요하다. 최초의 열 마디 말은 나중의 천 마디보다 중요하다."

Eyes can speak and eyes can understand.
눈은 말할 수도, 이해할 수도 있다.
> 세상에는 지나간 날의 행위에 대해 후회하는 사람이 많으나 진정 후회해야
> 할 일은 지금 해야 할 일을 하지 않는 것이다.

상대방이 대답하기 좋은 질문을 하라

질문은 즉제即題이기 때문에 질문에 답하는 자가
당황할 정도로 어렵고 난해한 질문이 되어선 안 된다.

상대방의 말에 대한 궁금증이 있을 때 그것을 풀기 위해 질문을 하게
된다. 그러나 질문도 상대방이 대답하기 좋은 질문만 하라. 상대방이 대
답하기 곤란한 질문은 피하는 것이 좋다. 상대방이 대답하기 쉬운 주제
를 간단하게 물어본다면 최상의 대화법을 이어 갈 수 있다.

질문은 문제의 핵심을 파악하는데 결정적인 기능을 하는 것이며 인간
관계에 있어서도 중요한 역할을 한다. 그러기 때문에 질문은 될 수 있는
대로 상대방이 대답하기 좋은 질문을 해야 한다. 질문은 즉제即題이기 때
문에 질문에 답하는 자가 당황할 정도로 어렵고 난해한 질문이 되어선
안 된다.

적절히 대답할 수 있는 질문, 질문은 일방적인 이야기의 흐름을 분위
기 좋은 대화로 이끄는 데 상당히 효과적인 반면 그러나 만일 이러한 질
문이 상대방이 대답하기 어려운 질문이었다면 좋은 분위기의 대화는 금
방 찬물을 끼얹는 결과를 초래할 수도 있다.

말하는 사람의 능력은 질문에 얼마만큼 정확하게 답변할 수 있느냐에
따라 결정되고 자기 성장을 위해서도 귀중한 자극이 되며 질문을 받음으

로써 자신의 문제점을 확인할 수 있고 자기의 방식도 평가받을 수 있다. 그러기에 질문에 답하는 기술도 평소 연구해 두어야 한다.

질문에 답하는 기술은 자기가 말한 것에 대한 정리다. 질문이 대체로 자기가 말한 것에 대한 의문으로 시작하는 것이기 때문에 질문의 요점을 잘 듣고 정확한 이해를 한다면 거기에 대한 답변은 대체적으로 마련된다. 하지만 우리들은 말하는 훈련은 잘 되어 있으면서 질문에 대한 답변을 하는 것에 대해서는 잘 훈련이 되어 있질 않아 질문을 받으면 당황하는 경우가 많다. 그래서 평소 질문에 대한 답변의 기술도 훈련을 통해 연마하라고 권하는 것이다.

질문은 보충을 하기 위한 하나의 의제다. 의제에서 벗어난 질문은 하지 말아야 하며 의제에 속하더라도 화자가 말한 전체적인 주제의 핵심을 무너뜨리기 위한 모호한 질문은 삼가야 한다. 이것은 질문의 예의에 속하는 일이다.

All glory comes from daring to begin.
모든 영광은 용감히 시작하는 데서 생긴다.

> 성공의 비결은 원하는 것이 일정하고
> 변하지 않는 데 있다. 하나의 목표를
> 가지고 꾸준히 나아간다면 반드시 성공한다.

대화를 독점하지 마라

말하고 싶은 충동은 외부환경에 의한 경우보다 본인
자신에 의한 경우가 더욱 절실하다.

대화에서 중요한 일은 혼자만 일방적으로 말해선 안 된다는 점이다.
적어도 동등한 수준에서 자신이 말하는 것만큼 상대방의 말을 들어주어
야 한다. 대화는 말을 듣는 것과 하는 것이 공존한다. 일방적으로 말을
지나치게 많이 하는 사람은 상대방으로부터 호감을 얻는데 실패한다.

말하고 싶은 충동은 외부환경에 의한 경우보다 본인 자신에 의한 경
우가 더욱 절실하다. 무엇인가를 말해야겠다는 강렬한 의욕이 대화를 독
점하는 결과를 만들게 된다.

듣는 것과 말하는 것이 번갈아 이어지는 것이 대화의 핵심이다. 고로
말하는 것은 듣는다는 것이 전제되고 성립되는 것이므로 대화를 혼자 독
점하는 것은 일종의 횡포랄 수도 있다.

말을 잘하는 것과 말을 많이 하는 것은 분명 다르다. 사람들은 대개 말
을 잘하는 것이 말을 많이, 청산유수처럼 내뱉는 사람을 가리키는 경우
가 많은데 그렇지 않다. 지껄이듯 하는 말은 아무리 많이 쏟아내도 말로
서의 가치를 지니지 못한다. 버려지는 쓰레기와 별반 다를 것이 없다.

인간은 원래 남에게 말하길 좋아하면서도 남의 이야기를 듣는 것은

그다지 좋아하지 않는 습성이 있다.

'저 사람은 말은 잘하는데 남의 말은 전혀 듣질 않아.'

주변에서 이런 말을 듣는 사람이 있다. 이런 사람은 화술의 기본을 터득하지 못한 사람이다. 말하는 기술은 있되 듣는 기술은 없는 사람이다.

우리는 말하는 기술에 대해 알고 싶어 한다. 그러나 그보다 더 훌륭한 기술이 있다면 그것은 침묵하는 기술이다. 말하고자 할 때 말하는 것, 중요하다. 그러나 말하고 싶어도 침묵해야 할 순간을 알고 침묵하는 일은 더욱 중요하다.

대화의 묘미는 서로 생각을 주고받음에 있다. 그 참맛을 느껴본 사람만이 대화의 진가를 터득한다. 일방적으로 말하고자 하는 사람은 자신이 말을 거의 다할 때쯤이면 말에 대해 지루함을 느끼기 시작한다. 그러나 대화를 주고받는 사람은 지루함을 느낄 새도 없이 시간가는 줄 모른다. 예가 될지 모르지만 수다를 떠는 사람들이 시간 가는 것을 지루해 하는 것을 본 일이 없잖은가. 수다일망정 그것은 서로의 대화가 오고가는 즐거움이 있기 때문에 그렇다.

Two blacks don't make a white.
검은 것 두 개라고 희어지지 않는다.

허전한 마음으로 과거를 되돌아보지 마라.
그것은 두 번 다시 돌아오지 않으니까 현재를 빈틈없이 이용하라.

남을 비하하는 말을 하지 마라

남을 무시하는 말, 남이 듣기 싫은 말은
나 역시 듣기 싫은 법이다.

남의 격을 떨어뜨리는 말은 특히 빈정거림은 상대에게 치명적인 상처를 주기 때문에 절대적으로 하지 말아야 한다. 빈정거림을 위트로 생각해 재밋거리로 말하는 사람이 있지만 그건 가장 하찮은 위트이며 상대를 격분시키는 요소를 지닌다.

들은 이야기라고 해서 다 말할 것이 아니고 눈으로 본 일이라고 해서 본 것을 다 말할 것도 아니다. 사람은 그 자신의 귀와 눈과 입으로 해서 자기 자신을 거칠게 만들고 나아가서는 궁지에 빠지게 된다.

말은 걸러서 해야 한다. 듣는 사람에 따라 받아들여지는 게 다른 것이 말이기 때문에 상대에 따라 신중하게 생각하면서 말을 해야 한다. 그러하지 못한 경우에 상대방을 비하하는 말이 스미게 된다. 그럴 의도가 없었음에도 남을 불쾌하게 하는 말들, 일부러 남을 비하하는 말을 골라 하는 고약한 사람도 있지만 대개의 경우가 바로 말을 있는 대로 함으로써 그런 현상을 만들게 되는 경우가 많다. 더욱이 말은 한 번 내뱉어진 경우 다시 주워 담을 수 없는 것이기 때문에 매번 신중하지 않으면 낭패를 보기 쉽다.

남을 무시하는 말, 남이 듣기 싫은 말은 나 역시 듣기 좋은 말이 될 수 없다. 조금만 신경을 기울여 말에 대해 신경을 쓰면 말의 취사선택이 가능해진다. 그 무슨 학식이 필요한 것도 아니고 그 무슨 공식이 있는 것도 아니다. 평소의 습관을 어떻게 가지고 가느냐에 따라 달라질 수 있는 간단한 것이다.

Water leads itself to it`s vessel.
물은 그릇 모양을 따른다.

처음, 결심한 일을 시행하지 못하는 것은 잡념에 사로잡혀 있기 때문이다. 무슨 일이든 그 일을 성취하려면 그밖의 일은 생각하지 말아야 한다.

말이 많으면 실수가 따르게 마련이다

말을 아무리 잘하는 사람일지라도 협상가로 인정받는 사람이라도
실수를 전혀 하지 않을 것을 기대할 순 없다.

아무리 조심하려 해도 말이 많아지면 거기에 따르는 실수도 많아지게
마련이다. 하지만 실수할 것을 염려하여 말을 안 할 수도 없는 것 아닌
가.

말은 실수가 따르지 않도록 조심하여야 한다. 될 수 있는 대로 말을 줄
이고 쓸데없는 말은 하지 않는 것이 좋다. 그러나 말의 실수를 했다고 인
정하고 이야기를 하자.

중요한 것은 말의 실수를 했을 때에 얼른 그것을 사과하고 자신의 실
언을 솔직하게 인정하는 일이다. 말을 아무리 잘하는 사람일지라도 협상
가로 인정받는 사람이라도 실수를 전혀 하지 않을 것을 기대할 순 없다.

그러나 실수할지도 모른다는 인식에 사로잡히면 대화에 장해를 일으
켜 올바른 대화법을 이어 갈 수 없다. 사람들은 말을 하면서 혹시 실수하
지 않을까 염려되어 빙빙 돌려서 말을 하는 경향이 있는데 이는 화술에
서 치명적인 오류다. 설령 실수할지라도 찬찬히 자기가 말하고자 하는
목적을 설명하라. 빙빙 돌려 이야기하면 상대는 지금 당신이 무엇을 얘
기하려는지 모를 뿐더러 당신의 말에 설득력을 잃게 된다.

말의 실수로 인해 큰 사건이 일어난 대표적인 것에 프랑스대혁명이 일어난 원인이 있다. 프랑스대혁명은 마리 앙트와네트 왕비가 빵을 달라고 외치는 민중에게 '그러면 과자를 먹으면 되지.' 라고 반문한 것이 도화선이 되어 일어났다.

이렇듯 말은 그 한 마디에 따라 엄청난 일이 일어나게 할 수도 있고 세상을 고요한 평화 속으로 잠들게 할 수도 있다.

알고 보면 말의 실수는 흔하다. 다만 말의 실수를 얼마나 줄이면서 살아가느냐 하는 점이 중요하다. 그리고 말의 실수도 격이 있고 크기가 있다. 이런 것을 가장 작게 줄여가면서 말의 실수를 통제하는 능력, 그 능력을 어떻게 지녔느냐에 따라서 저마다의 실수의 질이 틀리다는 것을 인식하기 바란다.

Tomorrow is a new day.
내일은 또 해가 뜬다.

살아가면서 어느 것이 확실한 의견인가를 판단할
수 없을 때에는 개연성이 가장 많은 의견을 좇아
가지 않으면 안 된다. 그것이 확실한 진리이다.

호감을 갖게 하라

사람들은 나와의 대화에서 무엇을 얻고자 한다.
나 또한 상대방으로부터 무엇을 얻으려 하거나 찾고자 한다.

상대방과의 대화에서 중요한 것은 배려이다. 배려를 통한 인간관계에서 호감을 얻는 일은 그리 어려운 일은 아니다.

사람들은 나와의 대화에서 무엇을 얻고자 한다. 나 또한 상대방으로부터 무엇인가를 얻고 찾고자 한다. 이런 상호작용으로 대화가 많이 진행되는데 우선 상대방으로부터 당신이 편안한 사람으로 느끼도록 해야 한다. 그러나 이것은 생각처럼 쉬운 일은 아니다.

문학이 취미인 사람이 있다. 그러나 상대는 문학에 대한 취미가 전혀 없다. 그런데 문학도인 이 사람은 그런 사람에게 문학에 관련된 이야기만 자꾸 해댄다.

"도스토예프스키의 '죄와 벌'이 나를 사로잡았지요. 농노제 사회가 붕괴하고 자본제 사회로 전환되는 과도기적 모순에 처한 러시아의 시대 상황은 우리와 별반 다르지 않았던 것 같습니다."

"……?"

"인간에게 종족의 유지를 사명으로 하는 보통의 사람들과 나폴레옹과 같이 사회의 도덕률을 뛰어넘어 행동하는 강자가 있다고 결론짓고,

전당포의 노파를 살해하여 자신이 강자임을 확인하려 합니다. 결국 자수한 그는 시베리아로 유형을 떠나고 소냐가 그의 뒤를 따르지요. 감동적이지 않나요?'

"......!'

문학에 전혀 관심도 없고 그 내용에도 문외한인 그가 질문에 답변할 수 있느냐 하면 그렇지 못하다. 그런데도 여전히 혼자서 떠들어댄다.

묵묵히 그 말을 듣고 있던 상대방은 이런 대화에 질식할 것만 같다. 얼른 대화를 끝내고 자리를 떠나고 싶을 따름이며 그 사람에게 문학도는 더 이상의 인간관계에서 호감을 가질 수 없는 대상이 되고 만다.

대화는 공통된 관심사에서 벗어나선 안 된다. 공통의 화제를 선택하는 것이 대화를 원만하게 이끌고 가는 방법이란 것은 대화법에서는 지극히 간단한 상식으로 통한다.

자기 자신에 대한 지식과 다른 사람에 대한 지식은 친밀한 관계를 만들기 위한 기본이 된다.

Our content is our best having.
만족은 최선의 재산이다.

삶에 있어 인간은 자기가 의탁할 세계를 가지고 있어야 한다.
자기의 마음속에 새겨둔 자기의 세계에 충실했느냐
아니면 충실하지 못했느냐가 매우 중요하다.

상대방을 화제 속에 깊숙하게 끌어들여라

화제가 없으면 대화가 빈곤해질 수밖에 없고
대화가 빈곤해지면 대화가 지루하게 된다.

대화의 효율성을 가장 긴밀하게 나타내는 것은 상대를 얼마만큼 나와의 대화 속에 끌어들일 수 있느냐 하는 점이다. 내가 아무리 말을 잘해도 듣는 사람이 그것을 받아들이지 않으면, 듣는 사람의 흥미를 끌지 못하면 아무 소용이 없다. 화제 속에 끌어들일 수 없다.

그냥 들리니까 듣는 것이 아니라 적극적으로 귀를 기울여야 한다. 히어hear가 아니라 리슨listen이어야 한다. 공통의 화제이어야 한다. 이때는 상대도 흥미를 끌 수 있는 화제를 선정해야 하며 원칙을 지켜야 한다. 그 원칙이란 다른 사람에게도 말할 수 있는 충분한 기회를 주어야 한다는 것을 말한다. 물론 화제가 풍부해야 하는 것은 당연한 일이다. 화제가 없으면 대화가 빈곤해질 수밖에 없고 대화가 빈곤해지면 대화가 지루하게 된다.

화제는 이야기의 중심을 이루므로 이것이 신통치 않으면 효과를 거두지 못한다. 화제가 많고 재미있으면 그 사람은 어떤 자리에 가더라도 환영을 받는다. 화제는 이야기할 때의 대상이고, 이야기 내용과 관계가 있는 주제라고 해도 좋다.

말이란 살아 있는 것이기에 이야기를 어떻게 전개하느냐에 따라 듣는 사람의 기분을 변화시킬 수 있다. 말하는 사람은 자기가 선택한 화제에 관해서 듣는 사람의 어느 누구보다도 더 잘 알고 있어야 한다.

상대방을 화제 속에 끌어들이는 방법으로 가장 좋은 것은 공동의 관심사와 공통의 주제다. 이보다 더 나은 방법을 찾을 수 없다. 관심의 척도는 자신의 범위 안에서 자신의 관심과 알고 있는 지식 속에 있다는 것을 명심해야 한다. 나만의 관심과 나만의 지식 속에서 대화를 펼쳐가는 것은 나 위주의 대화이므로 상대를 대화의 화제 중심에 있게 한다는 것은 다소 무리다.

The most learned are not the wisest.
학식이 많다고 해서 가장 현명한 것은 아니다.

우리가 그 어떤 것을 사랑하는 것은
그것이 미완성으로 남아 있기 때문이다.

말은 무거울수록 좋다

말이란 것은 무거워야 하고 조심해야 한다.
말을 어떻게 하느냐에 따라서 행복과 불행을 나눌 수 있다.

'내 혀 위에 커다란 황소 한 마리가 올라가 있다.'

말이 무거울수록 좋다는 대입에 이보다 적절한 말이 있을까? 이 말은 더 이상의 설명이 필요 없을 만큼 적절한 말이 아닐 수 없다.

'내 혀에 지뢰가 묻혀 있다고 생각하라.'

이는 또한 혀를 조심해야 한다는 말의 대입이다. 어떤 말이 혀를 조심해서 놀려야 한다고 했을 때 이보다 더 적절한 말을 가져올 수 있을까?

말이란 것은 무거워야하고 조심해야 한다. 말 한 마디로 천 냥 빚을 갚는다는 말이 있는 것처럼 말을 어떻게 하느냐에 따라서 행복과 불행을 나눌 수 있다. 세 치에 불과한 혀의 짧은 길이가 기나긴 인생길을 좌우한다.

말의 선악을 가장 잘 파악하고 있었던 사람은 우화의 대가 이솝이었다. 그는 주인이 세상에서 가장 맛있는 요리를 원하자 바로 혀요리를 내놓았고 세상에서 가장 맛없는 요리를 원하자 이때도 혀요리를 내놓았다.

이 얼마나 시사한 바가 큰가. 말로 인해 일어날 수 있는 좋고 나쁨을 이처럼 극명하게 나타낼 수 있겠는가? 이처럼 고금을 막론하고 혀로 인

해 벌어질 수 있는 일들의 중요성을 간접적으로 표현하고 있다.

말을 들었으면 그 말을 옮기지 마라. 상대방이 하는 말속에는 남들이 알지 않았으면 하는 내용도 들어 있게 마련이고 자신의 말을 남에게 옮기지 않는 사람이란 인식 속에 당신을 가장 믿음이 가는 사람으로 신뢰하게 된다.

Dangers are overcome by dangers.
위험은 위험으로써 극복한다.

자신의 행동을 제한받는 사람이 행복하다.
활동의 영역이나 접촉의 범위가 좁으면 좁을수록 그만큼 더 행복하다.

말을 잘하기 위한 노력을 하라

아무리 뛰어난 화술가라도 처음부터 그렇게 말을 잘했던 것은 아니다. 그것은 모두 노력 끝에 얻은 결과이다.

노력을 기울여 자신이 부족한 부분을 채운다는 것은 매우 어려운 일이다. 그러나 뛰어난 화술의 능력을 갖추려면 그 노력이 아무리 힘들고 고통스러워도 끝까지 해내야 한다. 사람은 누구나 이야기의 주체가 되고 싶어 하기 때문에 더더욱 그렇다.

밧줄이 나무를 자르고 물방울이 바위를 뚫듯이 묵묵히 노력을 하면 저절로 터득되는 것이 화술이다. 아무리 뛰어난 화술가라도 처음부터 그렇게 말을 잘했던 것은 아니다. 그런 사람들은 모두 노력 끝에 얻은 결과이다.

두레박으로 물을 퍼 올리는 우물을 보자. 바로 밧줄이 나무를 자른다고 하는 것인데 오랫동안 사람들이 사용하는 가운데 밧줄이 우물의 가장자리를 문질러 우물의 판벽 널을 패이게 한다. 이것이 바로 밧줄이 나무를 자른다고 표현하는 것이다. 무슨 일이든 꾸준하게 하면 이런 결과를 만들게 된다.

단번에 되는 일은 없다. 말주변은 타고나는 것이 아니라 꾸준한 연습을 통해 만들어지는 것이다. 조급한 마음으로 되고자 하면 더 느려지는 것이 화술이다.

연습의 결과물이 나타나기까지 사람에 따라 다소 차이가 있지만 그러나 비결은 연습이 전부다. 처음엔 머뭇머뭇 말을 더듬거리던 사람도 차츰 반복되는 연습에 따라 좋아지기 시작하더니 어느 순간 말이 매끄럽고 논리적인 말을 술술 풀어내게 된다.

내가 아는 사람 중에 한 사람은 어려서 무척이나 말더듬이었다. 아이들의 놀림거리로 학교 가는 것을 꺼리게 되고 공부는 말더듬 현상에 집착해 집중이 되지 않아 항상 꼴찌였다. 그러던 어느 날 그 사람은 지독한 말더듬을 고치리라 마음먹고 시간만 나면 뒷산에 올라가 목청껏 소리 내 책을 읽고 정확한 발음을 위해 눈물겨운 노력을 몇 년 동안이나 게을리하지 않았다.

몇 년이 지난 후 그의 노력은 정상적인 사람의 발음과 거의 같아졌고 급기야 어떤 연회가 있으면 사회를 볼 정도로 말에 자신이 있는 사람으로 변모했다.

이렇듯 지독한 말더듬이었던 사람도 노력으로 말 잘하는 사람으로 바뀌었는데 남보다 조금 어눌하다는 당신이 못할 리 없잖은가.

노력으로 안 되는 일은 없다. 뛰어난 가수는 매일같이 노래 연습을 한다. 목에서 피가 날 정도로 연습하고 또 연습한다. 그리하여 대단한 가수의 반열에 올라 가창력을 인정받는다. 그들의 가창력이 천부적인 것으로 생각하는 사람이 많지만 그런 사람은 극히 소수에 지나지 않고 거의 후천적인 노력에 의해 결과물을 만들어낸 사람들이다. 그들의 재능은 노력 없이 얻어진 것이 아니라 남들이 보지 않는 시간에 죽을힘을 다해 노력한 결과 최고라는 대우를 받게 된 것이다.

대가 없이 뛰어난 사람이 될 수는 없다. 모든 것은 노력에 정비례한다. 말하는 능력은 갈고 닦을수록 빛이 나는 것이기 때문에 누구나 노력하면 말을 잘할 수 있게 된다. 나는 말주변이 없으니까 하고 지레 소극적이 되어버리는 사람은 평생을 가도 남 앞에 나서서 자신의 의사를 정당하게 표출할 수 없다.

말은 노력한 만큼 잘할 수 있다는 것이 나의 결론이다.

He that fears every grass must not walk in a meadow.
풀을 겁내는 사람은 목장을 걸어서는 안 된다.

깊이 생각해 보면 불행이나 행복이나
고민이 되는 건 어느 것이든 마찬가지다.

말을 쉽게 하지 마라

말을 쉽게 내뱉는 사람들의 특징을 살펴보면 전후 가리지 않고
그 말의 목적이 무엇이든지 일단 수긍한 채로 약속을 해버린다.

지키지 못할 말을 쉽게 내뱉는 사람들은 책임감이 없는 사람으로 인식되어 상대방으로부터 신임을 얻기 어렵다.

맹자도 그것을 지적하였다.

"사람이 말을 쉽게 하는 것은 책임감이 없기 때문이다."

상대가 누구든 자신이 한번 말했으면 그 말에 대해 반드시 책임을 져야 한다. 말과 행동이 일치하지 않으면 그것은 공허한 소리에 지나지 않는다.

말을 쉽게 내뱉는 사람들의 특징을 살펴보면 전후 가리지 않고 그 말의 목적이 무엇이든지 일단 수긍한 채로 약속을 해버린다. 이렇듯 쉽게 해버리는 말속에 점차 실없는 사람들 군에 속하게 되고 어느새 내가 한 말은 신용 없는 말이 되어 남들이 믿지 않게 된다.

말을 생각 없이 쉽게 해버릴 바에야 차라리 아무 말 않고 있는 것이 더 낫다. 말을 쉽게 하고 자신이 한 말에 대해 책임을 지지 않는 사람이라고 인식되면 그 인식을 타파하기까지는 그 몇 배의 노력을 기울여도 힘들다.

신뢰를 쌓기까지는 수십 년의 시간이 걸리지만 그것을 잃는 데는 단 오 분도 걸리지 않는다는 워렌 버핏의 말처럼 신뢰를 쌓고 그것을 지키는 일은 상당히 힘들다.

신뢰를 얻지 못한 사람은 껍질만 남은 사람이다. 도대체 나의 말을 믿어주지 않는데 나를 신용하지 않고 그저 겉절이에 지나지 않는 사람처럼 취급하는 데 도리가 없잖은가. 이 모든 원인의 한 가운데에 말을 쉽게 하는 경박함이 있다.

Many drops make a shower,
많은 물방울이 소나기를 만든다.

가장 괴로운 곳에 나의 몸을 던지리라.
사랑과 미움에서 오는 번민이 나에게는
시원한 감각으로 다가온다.

말이 왜? 어째서 안 되는가를 생각하라

스스로 한탄만 하고 있으면서 비관하는 것은 당신
스스로를 파괴하는 일임을 간과해선 안 된다.

이런 의문에 답을 내릴 테니 들어보라고 하면 좋아할 사람이 아마 상
당히 많을 줄 안다. 그만큼 이 물음에 대해서 고민하고 있었던 사람이 의
외로 많다는 것이 통계학적으로도 나와 있기 때문이다.

그러나 답은 맥없게도 노력 끝에 스스로 얻는 방법밖에 없다는 말로
결론지어진다. 말이 어눌하면 정확한 발음으로 고치고 어휘력이 딸려 대
화에 적법한 말을 찾지 못하는 사람은 어휘력을 키울 수밖에 없다. 수줍
음이 많아 남 앞에 나서기가 힘든 사람은 용기를 키우는, 그런 등등의 보
완점을 찾아 그 의문을 지워가야 한다.

스스로 한탄만 하고 있으면서 비관하는 것은 당신 스스로를 파괴하는
일임을 간과해선 안 된다. 왜냐하면 대화의 기술은 누구나 공유하고 있
어야 할 것이기 때문이다. 남들은 다 괜찮게 하고 있는 일을 '왜 나만이
유독' 하는 것은 스스로 대중 속에서 이탈하고 있는 것이기 때문이다.

영화 '갈매기 조나단'을 보면 주인공 조나단 리빙스턴의 이런 독백이
나온다.

"어째서 갈매기는 매와 같은 속도로 날거나 공중회전 등의 곡예를 할

수 없는가?"

갈매기 무리에서 떨어진 갈매기 조나단은 어떻게 하면 빨리, 보다 높이 날 수 있는가에 끊임없이 도전한다. 조나단은 여러 번의 죽음의 위험에 직면하고 실패를 거듭하면서도 끝내 갈매기의 능력 한계를 극복하고 나는 것에 대한 고등의 비행을 하는 명수가 된다.

이 우화는 무한한 가능성에 도전하는 것에 대한 귀중한 가르침을 전하고 있다.

세상에 안 되는 일은 없다. 노력의 정도가 얼마만큼 소모되면서 목적에 이를 수 있는가만 다를 뿐이지 노력 끝에 모든 소망은 이루어지게 되어 있다. 때론 실패하고 쓰러지면서 끈질기게 도전해 가는 노력 끝에 이루어지는 것임을 잊지 마라.

적절한 시기에 그 상황에 맞는 단어를 찾아 자연스럽게 말을 유창하게 구사하기는 어려운 일이다. 그러나 꾸준한 노력을 멈추지 않으면 점차 말을 이해하는 능력이 커지면서 표현의 수준도 향상하게 되고 눌변이 달변 된다. 그러기 위해선 지적산책을 즐겨 어휘력을 키우는 것도 좋은 방법이다.

Beauty is in the eye of the beholder.
아름다움은 보는 이의 눈 속에 있다.

잊어선 안 될 하나의 사실이 있는데, 그것은 지금
우리가 곤란한 처지에 묶여 역경에 처해 있을 때에도
세상 누군가는 이것을 이겨내고 있다는 사실이다.

아는 것이 많은 사람은 말을 아낀다

말을 아끼는 자가 대화의 기술 또한 높다. 말을 남발하지 않으면서도
자신이 해야 할 말을 모두 하고 전해야 할 뜻을 모두 전한다.

지식이 적은 사람일수록 말이 많다. 지식이 적으면 남을 능가하는 것
이 어렵고 그런 가운데 남을 쫓아가려거나 능가하려다 보니 자연 말이
많아지게 된다. 자신의 콤플렉스를 뛰어넘기 위해 말을 많이 하게 된다.

'조용한 강물은 깊게 흐른다' 는 말도 있다.

아는 것이 많은 사람은 말을 아낀다. 침묵해야 할 때를 가릴 줄 알고
나서지 말아야 할 때를 안다. 내용이 없는 얘기를 장황하게 늘어놓는 사
람과는 확연하게 구분된다. 그러나 이야기의 내용이란 단순 잡학 박사처
럼 여러 가지 사건이나 지식을 기억하고 있는 것만으로 결정되는 것은
아니다.

지식도 급수가 있다. 아무거나 지식이 되는 건 아니다. 남들에게 유용
하고 남을 설득시키고 길잡이가 될 수 있는 지식이어야 한다.

그저 농담에 속한 지식은 검불지식으로 별로 쓸모가 없다.

말을 아끼는 자가 대화의 기술 또한 높다. 말을 남발하지 않으면서도
자신이 해야 할 말을 모두 하고 전해야 할 뜻을 모두 전한다. 짧은 말 속
에 이미 포함시킬 것은 다 포함시켜 상대방이 금방 이해할 수 있도록 한

다.

말을 길게 늘어놓는 사람, 말을 하루종일 해도 모자랄 정도로 말이 많은 사람, 쓸데없는 말 있는 말 가리지 않고 한번 입을 열었다 하면 끝낼 줄 모르는 사람에게는 청중이 없다. 말을 아껴서 진정 필요하고 마땅한 말을 골라 간결하게 하는 사람의 말속에는 두서없이 말하는 사람의 긴 말보다 이미 할 말을 다했고 전할 것을 다 전했다.

You cannot loss what you never had.
너는 갖지 못했던 것을 잃을 수는 없다.

사람이란 자신을 둘러싸고 있는 환경의 압력 앞에서는 흔들리는 갈대와 다름 없다. 하지만 사람은 이성을 가지고 있다.

화술은 전화통화에서도 필요하다

전화통화는 목소리를 통하는 것이기 때문에
보이지 않는 부분에 대해서 책임질 수 있는 표정을 담지 않으면 안 된다.

우리의 일상에서 전화 통화만큼 생활에 밀접한 관계를 유지하는 것이 있을까? 이제는 휴대전화의 보급으로 개인마다 전화를 가지고 있지 않은 사람이 거의 없다. 문명의 이기로 등장한 전화는 그러나 자칫 잘못하면 인간관계를 깨뜨릴 수 있다.

전화통화는 목소리를 통하는 것이기 때문에 보이지 않는 부분에 대해서 책임질 수 있는 표정을 담지 않으면 안 된다. 그리고 방금 들은 내용을 말로 확인하는 것도 듣기 방법의 하나일 수 있다. 상대편이 보이지 않기 때문에 더욱 그렇다.

대부분의 사람들은 전화할 때 상황에 따라 어떻게 말을 해야 하는지를 알고 있고 그 말은 그때그때의 상황에 따라 다를 수 있다.

"안녕하세요? 누구입니다."

전화를 걸었으면 먼저 자신이 누구인지를 밝힌다.

"지금 통화가 가능하십니까?"

그리고 당신이 통화하고자 하는 사람임이 확인되면 전화 통화가 가능한지를 묻고 가능하다는 것이 확인되었을 때 용건을 말한다.

서로 마주보고 대화를 할 때는 표정이나 동작도 겸해 간단하게 이해될 수 있는 이야기도 전화는 그렇지 못한 경우가 많다. 귀로만 들어야 하기 때문에 이야기를 분명하게 듣지 않으면 상대의 말을 잘못 이해할 수 있다.

전화를 건 사람도 이를 감안해 천천히 또박또박 하고자 하는 말을 잘 전달해야 한다. 발음에 유의해야 하고 정중해야 하며 중간 중간 상대가 나의 말을 잘 이해하고 있는지를 살피는 일도 중요하다. 만일 그렇지 못하다고 판단되면 그것을 확인하고서 다음 말을 진행하는 것도 전화를 통한 화술의 하나다.

Everything was already done.
모든 것은 이미 이루어졌다.

비록 그대가 지금 불행한 환경에 놓여
있다 할지라도 그대의 마음이 진실하다면
아직도 힘찬 행복을 가지고 있는 것이다.

표현은 논리적이어야 한다

표현이란 밖으로 향하는 작용이다. 그러기에 먼저 표현하려고 하는
어떤 것이 존재해야 하는데, 그것이 논리란 이야기이다.

우리가 살아간다는 것 자체가 의식하건 그러지 않건 간에 자기 자신
을 표현하는 것이다. 인생 자체가 자기표현의 연속이라면 자기표현의 참
뜻이 무언가를 알아야 하지 않을까.

자기표현의 수단에서는 논리적이 포함되어야 한다. 가치 있는 행동을
지니려면 자신이 가지고 있는 잠재성을 보다 효율적으로 발휘할 수 있는
능력을 보여야 한다. 표현이란 밖으로 향하는 작용이다. 그러기에 먼저
표현하려고 하는 어떤 것이 존재해야 하는데 그것이 논리란 이야기이다.

그러나 종종 자신의 논리에 취해 다른 것은 모두 무시해 버리고 기본
적인 것마저 지키지 못하는 경우가 있다. 해서는 안 될 말을 무리하게 하
고 자신의 의견을 일방적으로 주장하는 등 하지 말아야 할 것들을 당연
시 한다. 그러나 자기의 의견을 말할 때는 그 근거가 명백해야 하고 그 근
거를 설명할 수 있어야 한다. 그것이 대화를 하는 사람의 기본자세다.

결론을 먼저 이야기한 다음에 그 결론에 대한 이유를 말한다. 화술의
기본형에 속하는 것이기도 하지만 사람들은 대체적으로 결론을 먼저 듣
고 싶어 하는 심리가 있다.

"결론부터 말씀드리자면……."

그리곤 서론과 본론을 논리적으로 설명해 간다. 결론을 증거하기 위한 서론과 본론에 논리적 근거를 마련하고 이유와 근거를 명확하게 설명해 가면 된다. 논리적이라는 말은 근거가 확실하다는 뜻이기 때문에 보충 설명에 따른 표현에 이의가 있어선 안 된다. 이유나 근거, 배경 등을 명확하게 설명하여 듣는 사람이 정확하게 이해하도록 해야 한다.

듣는 사람은 말하는 사람 자신만의 깊은 철학은 물론 사상을 바탕으로 한 소신 있는 말을 기대하고 있다. 그가 어떤 말을 하려는 지에 대한 것을 이해하려고 애쓰며 실현성 있는 화제를 요구한다. 그렇다면 이렇게 듣는 사람의 바람을 충족시키기 위해선 어떻게 해야 할까.

말하는 사람은 듣는 사람으로 하여금 자신의 의도가 무엇인지 알 수 있게 확실한 테마를 쉽게 말해야 한다.

A wilful man will have his way.
뜻 깊은 사람은 자신의 길이 있다.

해가 떠도 눈을 감고 있으면 어두운 밤과
같다. 청명한 날에도 젖은 옷을 입고
있으면 기분도 비 오는 날처럼 어둡다.

옳다고 확신이 들면 상대에게 점잖게 설명하라

확신이 들면 그것이 왜 옳은가를 명확하게
찬찬히 설명하라. 상대는 그것을 모르고 있을 수 있다.

'노' 라고 말해야 함이 분명하거든 '노' 라고 분명하게 말하라. 상대를 고려해서 망설이는 것은 상대를 위하는 것이 아니다. '노' 란 싫다는 의미보다는 할 수 없다는 의미로 쓰이고 받아들여질 때 그만큼 명확한 의사 표시가 된다.

'예스' 라고 말해야 되는 것이라면 그 긍정이 아무리 자신에게 불리한 것일지라도 분명하게 '예스' 라고 말하라. 나에게 불이익이 올 것이 불안하여 '네' 라고 대답하지 않는 것은 자신을 위하는 것이 아니고 그것이 때론 더 큰 불이익을 당할 수 있게 부풀어져 돌아올 수도 있다.

똑같은 말을 하여도 똑같은 사실을 보아도 사람은 누구에게나 자기 고유의 받아들이는 방식이 있다. 그러기에 일반적으로 무언가에 대해서 설명할 때는 먼저 대충 요점을 설명하여 상대가 전체적인 것을 파악하게 한 다음 상세하게 설명을 시작하는 것이 이해하기 쉬운 설명법이다.

옳다는 것은 진리다. 그래서 그 판단 뒤엔 확신이 있는 것이고 강한 주장을 펼 수 있는 것이기도 하다. 명백함은 움직일 수 없는 근거가 마련되고 확실한 근거는 그것을 말할 수 있는 힘이 된다는 것을 알아야 한다.

간혹 사람들은 옳다는 것이 확실하다고 해서 사전 예의도 없이 단도
직입적으로 들이대듯 말하는 사람이 있는데 모든 말에는 반드시 예의가
있다는 것을 알고 행해야 한다.

옳다고 확신이 들면 그것이 왜 옳은가를 명확하게 찬찬히 설명하라.
상대는 그것을 모르고 있을 수 있다. 아니 오해를 하고 있어 옳지 않은 것
을 스스로는 옳다고 믿고 있을 경우도 있다.

More than enough is too much.
충분보다 더 많은 것은 너무 많은 것이다.

어리석은 자는 추위가 다 가시지 않았는데도 조금만 따뜻하면
입고 있던 겨울옷을 던져 버린다.

말은 소통이다

자신의 뜻을 전달하려는 사람은 상대방이 자신의 뜻을 잘 이해할 수
있도록 언어나 그 밖의 수단을 통해 뜻을 나타내야 한다.

말이란 무엇인가?

내 생각을 남에게 알리는 것이다. 사람은 말을 통해서 자신의 생각을
남에게 알리기도 하고 다른 사람의 생각을 받아들이기도 하며 거부감을
나타내기도 한다. 그런데 이러한 말이 남에게 올바로 전달되지 않으면
그것은 말이라 할 수 없다. 인사가 상대에게 전달되지 않으면 하지 않은
것과 마찬가지이다. 또한 말을 하는 것은 언어라는 상징을 전함이다.

말은 나와 남과의 연결통로이다. 그것이 매개체가 되어 서로 교감을
나누고 생각을 교류하며 행동을 추천한다. 상대방의 이해력에 맞추어서
자기를 억제할 수 있는 사람이 진정 말을 잘하는 사람이다. 그런 사람이
소통을 잘 이루고 말의 품격과 커뮤니케이션을 활발하게 한다.

의사소통은 사람들 관계에서 시작되는 것이므로 당신에게 감정이나
생각을 드러내려는 상대방이 있기 마련이다. 자신의 뜻을 전달하려는 사
람은 상대방이 자신의 뜻을 잘 이해할 수 있도록 언어나 그 밖의 수단을
통해 뜻을 나타내야 한다.

단순 말만으로는 의사소통을 할 수 없다. 미소를 짓고 적절한 동작을

표현하면서 말해야 한다. 그럴 때에 상대방은 그 의사소통에 의미를 부여하게 될 것이며 그 의미에 대한 것을 자신이 어떻게 받아들이고 느끼고 있는지를 보조적으로 반환시켜 주어야 한다. 이때 필요한 것이 말하는 사람의 태도인데 이 태도는 소통의 가장 적절한 수단으로 밝은 표정이 가장 큰 효과를 나타낸다. 미소는 '당신과 만나게 되어 기쁩니다' 혹은 '당신과 이야기하게 되어 기쁩니다' 라는 것을 의미하기 때문이다.

의사소통은 미소를 짓고, 얼굴을 찡그리고, 몸짓을 하고, 고개를 끄덕이고, 악수를 하고, 어깨를 움츠리고, 포옹을 하는 행동을 통해서도 얼마든지 할 수 있다.

의사소통에 있어 가장 어려운 부분은 아마 자신의 감정을 표현하는 일일 것이다. 어떤 사람은 당신이 말하는 것을 듣고 싶어 하지 않는다. 어떤 사람은 그것을 선택적으로 받아들인다. 그 어느 것도 말의 소통을 이루는 데 적절하지 않다.

나와 가장 가까운 사람을 기억해 보자. 친한 사람을 가졌다는 것은 자기와 가장 좋은 소통을 이루고 있는 사람을 가졌다는 뜻이기도 하다. 소통이 잘 이루어지지 않은 사람과는 그저 아는 사람으로 존재할지 몰라도 가깝고 친한 사람으로 존재할 수 없다.

"난 네가 좋아."

"나도 너와 함께 있으면 너무 마음이 편하고 좋아."

이런 교감은 말의 소통이 원활하고 그 소통으로 인해 만족을 얻을 때 가능하다. 또한 가장 친한 사람과 만나고 싶은 마음도 원활한 소통을 예정하고 있지 않으면 그런 감정이 생길 수 없다. 이 이야기의 근저엔 반드시 말하는 것과 들음의 절묘한 조화가 있음을 나는 지적하고 싶다.

대화는 앙상블이다. 소통되지 않으면 앙상블은 이루어지지 않는다. 일방적인 말이 소통을 가져오지 않는다.

"저 사람과는 말이 통해."

그것이다, 당신이 상대로부터 들어야 할 말은.

소통은 자기 내부의 경험을 점검하는 일이고 다른 사람에 대해 인식을 하는 일이다. 자신이 무엇을 생각하고 무엇을 느끼고 원하는지, 또한 상대가 무엇을 관찰하며 무엇을 듣고 싶고 말하고 싶은지에 대한 확인을 정확하게 할 때 비로소 올바른 소통이 이루어질 수 있다.

It is never too late to mend.
잘못을 고치는 것에 때를 가리지 마라.

설령 자신의 꿈을 향해 나아가면서 공중에 누각을 지었다 하더라도
그것은 헛된 일이 아니다.

말은 따뜻하게 하라

말에 품위가 없으면 경박스럽고
말에 온기가 없으면 마음이 전달되기 어렵다.

대화를 잘 이끌어가는 사람은 가슴으로 대화를 시작한다. 가슴으로 시작하는 말은 따뜻함이 스며 있다. 그러나 말을 따뜻하게 하기 위해서 뻔한 매뉴얼로 이야기한다면 오히려 말의 온기를 잃게 된다.

말을 듣는 사람은 이성과 감성으로 받아들인다. 그러나 이성적인 것보다는 감성을 자극하는 말에 더 호감을 가지며 감동적으로 받아들인다. 감성을 자극하는 말은 따뜻한 말이어야 한다. 상대를 품는 듯한 따뜻한 말이 대화의 효력을 극대화 시킨다.

말의 근본에 온기를 넣어라. 기본형에 속하는 따뜻한 말 한 마디가 전체 말의 흐름을 유연하게 만들고 그 유연함 속에 서로가 소통하고자 하는 뜻이 어떤 방법을 선택하는 것보다 훌륭한 결과를 가져온다.

말에는 품위도 있지만 온기도 있다. 이 두 가지는 언제든 말속에 포함되어 있어야 하며 대화의 기술에 있어서도 중요한 목록의 하나다. 말에 품위가 없으면 경박스럽고 말에 온기가 없으면 마음이 전달되기 어렵다.

다정한 목소리로 따뜻한 마음으로 이야기하는 사람을 보았을 때 우리는 그가 상당히 부드럽고 인간적인 면모를 지닌 사람으로 금방 인식하게 된다. 타인과 처음 만났을 때 생기는 벽이 없고 자기방어적인 행동도 일시에 사라져 버리게 된다. 말에 어려움 없이 아주 자연스럽게 자신의 의사를 표현하게 되며 어느새 느껴지는 친숙함은 여러 번 만나 격의 없이 대화를 나눴던 사람처럼 느껴지게 한다.

말에 따뜻함이 없으면 차가운 사람이란 인상을 준다. 선뜻 다가서기 어려운 사람이라 인식되면 그런 사람과의 대화가 부드럽게 잘 이루어지기를 기대하기는 어렵다. 마음을 털어놓기도 힘들뿐더러 자신도 모르게 경계심을 가지게 되는데 이를 극복하려면 생각보다 많은 시간이 필요하다.

물고기를 잡으려면 물고기가 좋아하는 미끼를 써야 하는 것처럼 사람의 마음을 움직이려면 그 사람이 원하는 것을 전해야 한다.

Think on the end before you begin.
시작하기 전에 종점을 생각하라

비난은 할지언정 비꼬지는 마라

비난은 남발하지 마라. 비난이 모두 당신을 위한 것이라는 판단으로
유도될 수 없는 것이라면 가급적 하지 않는 것이 좋다.

비난이 결코 좋은 것은 아니지만 비난을 할 수밖에 없는 경우, 절대 없
는 얘기를 지어내서 하면 안 된다. 상대가 인정할 수밖에 없는 진실한 말
을 해야 한다.

그 사람의 행동을 다른 사람의 결점과 비교해서 말하지 마라. 그 사람
의 행동은 그만의 행동으로 덮을 일이다. 거기에는 분명 어떤 이유가 있
을 것이며 그것을 이미 증명된 다른 사람의 결점과 비교해 이야기한다면
당신은 벌써 잘못된 판단을 내린 것이다. 비유를 하며 비꼬는 듯한 인상
으로 말하면 안 된다.

비난하기 전에 먼저 상대에게 '이 사람은 정직하여 필요한 말만 한
다'는 인상을 주면 더할 나위 없이 좋은 일이다. 그러면 비난을 하여도
대개 그 비난을 인정하고 받아들이기 때문이다.

비난은 냉철한 인식을 바탕으로 판단하면 곧 자신이 반성해야 할 것
이 무엇이며 결점이 무엇인지를 깨달을 여지가 있다. 그러나 비꼬임을
당하면 거기엔 그 어떤 여지없이 감정이 폭발하고 상대에게 덤벼들어 한
방 날리고 싶은 충동에 사로잡히게 된다. 자존심의 상처가 극도로 훼손

되었기 때문이다.

　그러나 비난은 남발하지 마라. 극도로 조심하여 왜 비난을 할 수밖에 없으며 비난이 모두 당신을 위한 것이라는 판단으로 유도될 수 없는 것이라면 가급적 하지 않는 것이 좋다. 비난 역시 조종을 잘못해서 말하면 상대방이 치유될 수 없는 상처를 입을 가능성이 많기 때문이다. 일단 비난을 받게 되면 사람의 심리는 촉각을 곤두세우게 된다. 비난의 이해가 빠르면 그나마 다행이지만 그 비난이 어떤 의도로 말해지는지 이해가 더디면 그 시간만큼 감정의 손상이 커지기 시작한다. 한번 커진 감정의 손상을 없애기는 그다지 쉬운 일이 아니다.

　직접적인 비난을 피해서 한다는 말이 비꼬는 말로 탈바꿈하는 경우를 많이 본다. 간접화법은 그래서 어렵고 고도의 대화의 기술을 필요로 한다.

When sorrow is asleep, wake it not.
슬픔이 잠들면 깨우지 마라.

　　하루해가 지고 나면 사람은 저마다 돌아갈 가정을 생각한다.
　　그것은 이미 가정의 행복을 맛본 사람이며, 인생의 태양을 쪼인 사람이다.

맛있는 말을 만들라

말을 재미있게, 맛있게 하는 사람들의 말속에는
리얼리티가 있다.

주위에 있는 사람을 살펴보면 별 것 아닌 말을 가지고 감동적으로 전하며 상대방의 기분을 안정시켜 주는 사람이 있고 의욕을 불러일으키는 사람이 있다.

이런 사람들은 누구인가?

말을 맛있게 하는 사람들이다. 이런 사람들은 상대방의 기분을 충분히 이해한 상태에서 상대방의 기분에 맞추어 말하고 또한 어휘선택에 있어서도 상대방의 마음에 닿게 말한다. 오로지 상대방의 기분에서 말한다. 어쩌면 말을 재미있게 한다는 사람들은 대부분 말을 맛있게 하는 사람으로 생각해도 별 틀린 말은 아니다.

말을 재미있게, 맛있게 하는 사람들의 말속에는 리얼리티가 있다. 보지 않았어도 본 것 같고 경험해 보지 않았어도 경험해 본 것 같은 착각을 일으키게 한다. 말의 생명력에 부합되는 이런 말의 기술은 그러나 보통 사람이 갖기 힘들다. 마치 모든 사람들이 다 재미있는 강연가가 될 수 없는 것처럼 말이다.

인기 있는 강사들을 살펴보자. 그들은 말을 참 재미있게 한다. 말을 맛있게 요리해서 내놓는다. 그 먹음직스러운 말을 듣는 사람들은 어느새 그의 말에 빠져 웃음을 터뜨리고 감탄사를 연발하고 고개를 끄덕인다. 왜 그런 걸까? 말하는 사람의 이야기에 공감하고 있기 때문이다. 공감하지 않으면 절대 이런 반응을 이끌어 낼 수 없다.

어느 자리에서든 맛있는 말을 할 자신이 있는 사람은 능란한 화술가의 한 축에 낄 수 있다는 것을 말하고 싶다. 이런 사람은 많은 사람들이 모인 자리에서 거의 주연 역할을 한다. 좌중의 분위기를 자신에게로 쏠리게 하는 힘이 있기 때문에 자신이 그러고 싶어 그러는 것이 아니라 저절로 만들어진다.

사람들이 많이 모인 자리에서 주연이 된다는 것은 누구에게든 기분 좋은 일이다. 나를 중심으로 한 대화의 분위기가 내 중심에서 퍼져나간다는 것은 신나는 일이다. 이런 사람이 되기 위해서, 그러면 어떤 방법을 취해야 할까?

대화의 즐거움을 가지는 일이다. 기분을 한껏 높여서 이야기하는 일이다. 물론 그 바탕에는 화제도 풍부해야겠고 아는 것도 많아야겠고 상대방의 입장에서 말하는 기술 등도 있어야겠지만 무엇보다 중요한 요소는 즐거움을 잃지 않는 일이다. 그 속에서 맛있는 말이 나오며 또한 재미있는 말이 튀어나온다.

Think well of all men.
모든 사람을 좋게 생각해라.

자기에 대해서는 좋게도 나쁘게도 말하지 마라.
좋게 말을 해봤자 믿지 않을 것이며
나쁘게 말하면 더더욱 나쁘게 생각할 것이다.

오직 진실만을 말하라

목소리는 마음의 울림이다. 이는 곧 목소리에
그 사람의 감정이 담겨 있다는 말이기도 하다.

보편적 진리는 진실 속에 있다. 어둠을 뚫고 이해의 빛 안으로 들어갈
수 있는 것은 진실뿐이다. 머리만 감추고 몸뚱이는 감출 생각을 못하는
타조적인 습성이 어쩌면 인간이 오늘날의 세상에서 취해야 할 가장 분별
있는 태도라고 착각되어 있는지 모른다.

대화를 진지하게 이끌고 흥미가 있으려면 사실을 말해야 할 뿐만 아
니라 그 사실과 자신이 어떤 관련이 있는가를 설명해야 한다. 진실은 곧
솔직하다는 것이다. 진정한 요구와 감정을 솔직하게 드러내지 않으면 보
편적 진리를 뚫을 수 없다.

목소리는 마음의 울림이다. 이는 곧 목소리에 그 사람의 감정이 담겨
있다는 말이기도 하다. 목소리에도 정직을 나타내는 진실이 꼭 포함되어
야 한다.

내면의 감정을 표현하는 것이든 외적인 사실을 설명하는 것이든 진실
을 벗어나면 안 된다. 가장 훌륭한 웅변술은 진실을 말하는 것이다. 진실
을 감추고 말하는 것은 진정한 웅변이 될 수 없다. 차라리 진실이 아닌 것
을 말할 바에야 침묵하고 가만히 있는 것이 더 낫다. 수습해야 할 곤경에

처할 염려에서 분명 벗어날 수 있기 때문이다.

진실의 반대는 거짓이다. 거짓은 당장은 통하지만 멀리 못가 진실에 잡히고 만다. 거짓된 말은 결코 남을 설득하지 못한다.

말은 곧 설득 아닌가. 내 뜻을 전하기 위해서 말을 하는 것이 상대가 받아들이면 그것이 곧 설득이고 상대가 내 말을 듣고 의견을 제시하여 논하는 것도 역시 설득 아닌가.

진실만을 친구로 받아들여라. 진실과의 동행에서 낭패될 일은 생기지 않는다. 나에게 낭패를 주는 것은 거짓뿐이다. 바로 자업자득을 만드는 셈이다. 이야기가 진행되는 과정이 길어질수록 사람들은 당신이 거짓을 말하는지 진실을 말하는지 하나하나 파악하기 시작한다. 아니 저절로 생겨나 알게 된다. 그것이 거짓의 정체고 모체다.

거짓을 진실처럼 말하고 태연한 척 하는 것처럼 부끄러운 일은 없다. 상대가 이미 알고 있음에도 불구하고 이를 눈치 채지 못하고 여전히 말을 하고 있는 사람처럼 딱한 처지에 놓인 사람은 없다.

Little griefs are loud, great griefs are silent.
작은 슬픔은 시끄럽지만 큰 슬픔은 조용하다.

폭풍이 휩쓸고 간 들판에도 꽃이 피어나고 지진이 일어난 땅에서도 샘이 솟고 풀이 돋아난다.

직설적인 화법보다 간접적인 화법을 사용하라

간접적인 화법엔 비유가 생명이다. 어떤 비유를 선택하느냐에
따라 올바른 지적이 될 수 있고 마땅한 지적이 될 수 있다.

"당신은 참 이기적이고 게을러요."

이런 말을 사용하는 것은 어떤 특정한 행동에 대해 말하기보다는 그 사람 전체에 대한 비난이다. 이런 직접적인 말보다는 간접적으로 지적하는 것이 좋다.

가까운 사람일수록 직접적인 화법으로 이야기하는 것은 좋지 않다. 아마 세상에서 가장 하기 힘든 말이 남의 단점을 지적하는 것이라 여겨진다. 그렇다고 묵인할 수 없는 일이 생긴다면 이는 곤혹스러운 일이 아닐 수 없다. 그렇다고 그런 곤혹을 극복할 마땅한 말도 딱히 떠오르는 것도 아니다.

그런 난감함 속에서 남의 단점을 아울러 순화시켜 말한다는 것은 고도의 화법을 가지고 있지 않으면 안 된다. 직설적인 화법은 보이는 대로 말하고 느껴지는 대로 말하면 된다. 그러나 간접적인 화법은 받아들일 상대의 성격도 고려해야 하고 그것을 이해하여 자신의 단점을 고칠 수 있을까도 고려해야 한다. 그것을 이해하지 못하고 단점을 고칠 수 없다면 차라리 하지 않느니만 못하다.

간접적인 화법엔 비유가 생명이다. 어떤 비유를 선택하느냐에 따라 올바른 지적이 될 수 있고 마땅한 지적이 될 수 있다. 그러나 비유가 적절하지 않았을 때 상대가 받아들일 불쾌감을 고려해 신중하지 않으면 안 된다.

The beaten road is the safest.
많이 밟은 길이 안전하다.

성공하는 데는 두 가지 길밖에 없다. 하나는 자신의 근면, 하나는 타인의 어리석음이다.

말은 때와 장소, 사람에 따라 다르게 해야 한다

때와 장소가 어떤 말을 요구하는지도 잘 알고 상대가
어떤 수준에서 말을 받아들여 이해할 수 있는지를 잘 안다.

아무리 능숙한 화술을 지니고 화려한 수사로 많은 사람들을 감동시킬
만한 이야기라 할지라도 때와 장소, 사람에 따라 전혀 다르면 그 말의 가
치는 현저히 떨어진다.

때와 장소에 맞지 않는 말을 화제로 선택해서 말하면 분위기를 흩뜨
릴 뿐만 아니라 어색하여 대화의 진전을 이룰 수 없다. 가령 비즈니스에
관련된 대화가 진행 중인 상태에서 개인적인 이야기를 한다거나 사회의
남다른 이슈가 되는 문제를 꺼내 이야기하면 어떻게 되겠는가? 맞지 않
는 수레바퀴가 돌아가며 삐걱거리는 소리가 나듯 불협화음이 생길 것은
뻔하다.

상대의 수준보다 높거나 낮은 단어를 사용하지 않는 것도 철칙이다.
항상 상대방의 수준에 맞는 단어를 사용해야 한다. 그래야만 온전한 대
화가 이루어지게 된다. 상대의 수준이 낮은데 높은 차원의 단어를 사용
해 이야기를 진행한다거나 상대의 수준이 높은데 낮은 수준의 이야기를
진행해 가면 이 또한 매끄러운 대화를 진행해 갈 수 없다.

말은 이렇듯 상황에 따라 조절을 해가며 말해야 하기 때문에 어렵다.

능숙한 화술을 진행하는 사람은 높낮이의 조절에 탁월하다. 때와 장소가 어떤 말을 요구하는지도 잘 알고 상대가 어떤 수준에서 말을 받아들여 이해할 수 있는지를 잘 안다.

말의 생명은 적절한 비유에 있듯이 말도 때와 장소에 맞아야 한다. 상대가 누구인가에 따라 말의 형태가 달라야 하며 다른 사람에게는 해도 될 말이 이 사람에겐 해선 안 될 말도 있다. 화제를 떠올려도 이 자리에서 해야 할 것이 있고 해선 안 될 일이 분명히 있다. 이런 말의 안배에 능통해야만 언제 어디서건, 누구와 대화를 나누어도 좋은 대화를 나눌 수 있으며 환영받을 수 있는 사람이 된다.

말은 권리다. 누구든 어떠한 말을 채용해 정당하게 의사표현으로 나타낼 수 있다. 그렇다고 해서 아무 말이건 해선 안 된다. 그건 말이 아니라 지껄임으로 소음으로 치부된다. 말은 그 말을 조정하는 사람에 따라 크게 달라진다. 말이 말로서 가치를 지닐 수 있고 말이 말로서 가치를 잃을 수도 있다. 하나마나한 이야기가 될 수도 있고 꼭 들어야 할 이야기가 있다. 그 중심엔 때와 장소, 말하는 상대가 누구이냐에 따라 말을 골라 할 줄 아는 능력이 존재한다.

Great hopes make great men.
위대한 포부가 위대한 사람을 만든다.

남들 때문에 망친 사람보다 자신 때문에 망친 사람이 더 많고,
태풍이나 지진으로 멸망한 도시보다 사람에 의해 멸망한 도시가 더 많다.

말로 그림을 그릴 수 있는 사람이 되어라

말로 그림을 그린다는 것은 말을 들으며 모든 것을 연상할 수 있다는 것이며
사실적으로 말하는 사람의 뜻을 이해한다는 것이다.

이야기한다는 것은 말로 그림을 그리는 것이라고 했다. 이는 상대가
그림을 보듯 쉬운 이야기를 하라는 뜻이다. 이야기는 듣는 사람의 마음
속에 그림을 그려 주듯이, 듣는 사람이 조금도 지루하지 않도록 구체적
이고 쉬운 것으로 골라야 한다.

훌륭한 이야기는 훌륭한 그림과 같은 것. 그러므로 훌륭한 제재^{題材}를
다루고 여러 가지 조건을 고려하여 목적달성에 노력하는 것이 전제조건
이다.

말로 그림을 그린다는 것은 말을 들으며 모든 것을 연상할 수 있다는
것이며 사실적으로 말하는 사람의 뜻을 이해한다는 것이다. 그런 사람들
이야말로 뛰어난 이야기꾼이다.

말은 사실적으로 들려야 한다. 모호한 말은 대화의 가장 큰 장해다.
가장 쉬운 말로 자신의 의사를 전달할 수 있어야 한다. 가장 빠르게 이해
하는 말이 그림처럼 선명하게 나타나는 말이다.

어떤 사람의 말을 듣고 있으면 마치 어떤 사물을 보고 있는 것처럼 선
명하게 그려진다. 이런 사람의 이야기를 듣고 있노라면 대화가 그렇게

흥미로울 수 없다. 마치 영화를 보고 있는 것 같기도 하고 내가 이야기속의 주인공 같기도 하고 아무튼 시간가는 줄 모르고 이야기 속에 흠뻑 빠져 있게 된다. 그렇다면 이 사람이 그렇게 이야기를 흥미있게 잘 하는 이유는 무엇인가. 결코 어려운 말로 하지 않는다. 사실을 있는 그대로 꾸밈없이 이야기하고 있다. 진솔하다. 담백하고 말에 열정이 있으며 성의를 다하고 있다.

대체로 이런 말들로 설명된다. 이유를 물어보면 이 정도의 목록이 전부다. 그런데 대화의 상대를 이렇게 빠져들게 하는 건 그런 것들이 대화의 중요성이란 간단한 설명으로 마무리할 수 있기 때문이다.

The hardest step is over the threshhold,
가장 어려운 단계는 문지방을 넘는 것이다.

처음에는 그 사람이 어떠한 사람인지 모른다.
그저 똑같은 인간으로 보인다.

상대방을 존중하고 배려하라

상대방의 기분을 배려한 말이야말로 상대방의
마음에 다다르는 말이 된다는 것을 알아야 한다.

상대를 존중하고 배려하는 일은 상대방에게 호감을 사는 기술이다.
그러나 사람들은 본능적으로 자기 자신을 노출함으로써 자기 자신을 드
러내려는 심리가 있어 상대방을 존중하고 배려하는 일에 적극 나서기 어
렵다.

그럴수록 자기 자신을 통제하며 상대방의 기분을 배려하는 말투가 필
요하다. 사람은 다양한 상황에서 복합적인 감정을 느끼며 살고 있기 때
문에 자신을 배려하는 말을 들으면 상당히 즐거운 기분이 된다. 상대방
의 기분을 배려한 말이야말로 상대방의 마음에 다다르는 말이 된다는 것
을 알아야 한다. 상대를 이해하는 사람이란 상대의 감정을 이해하고 기
분에 맞는 말을 사용할 줄 아는 사람을 일컫는다.

대화의 기술은 이런 것들이다. 세심하게 감정상의 조절로도 얼마든지
그 기술을 습득할 수 있다. 상대방을 존중하고 배려하는 일, 이것이 대화
의 기술에 속하는 것임을 우리는 진즉 알았어야 했다. 복잡하고 다단한
일이 아니라 조금만 신경 써서 상대방을 헤아리면 그것이 곧 높은 대화
의 기술이 된다는 것을 깨달았어야 했다.

그러나 지금이라도 늦지 않다. 이런 대화의 기술을 깨달을 순간, 당신은 단숨에 대화의 여러 기술들을 뛰어넘은 사람이 된다. 어느새 화술가에 다다른 사람처럼 대화의 즐거움에 흠뻑 빠져들게 된다.

우리는 대화의 기술에 어느 특정 사항이 불문율이 고착되어 있는 듯 착각하기 쉽다. 물론 세세하게 따져 들어간다면 복잡하여 대화의 기술을 익혀야 될 필요성을 가지게 되긴 한다. 상황에 따른 해석이 쉽지 않기 때문이다. 하지만 대다수 필요로 하는 대화의 기술엔 상대방을 존중하고 배려하는 일 자체로만 많은 진전을 이룰 수 있음을 감지하게 된다.

대화의 기술은 인간의 감정을 가장 필요로 한다. 인간의 감정을 뛰어넘어 생기는 대화의 기술은 없다. 모든 대화의 기술 바탕엔 감정이 깔려 있으므로 그 감정을 잘 다스려야만 대화의 기술을 제대로 습득할 수 있다.

He who laughs last, laughs best.
최고의 웃음은 마지막 웃음이다.

사람은 저마다 자기의 기질이 있고 살아가는 방법이 있다.
다시 말하자면 사람마다 고유의 습관이란 것이 있다.

자신을 낮추고 상대를 높여라

자신을 낮추고 상대를 높이는 일은
결국 나 자신을 높이는 것이 된다.

가령 '나는 좋은 사람이다.' 라고 자신을 강조했을 때 이 말의 뜻은
'당신은 좋은 사람이 아니다' 라는 해석을 불러오기 쉽다. 의도된 것은
아니지만 이 말의 함의는 분명 내가 좋은 사람이란 표현을 통해 다른 사
람은 그렇지 않은 사람이라고 변형되어 나타나기 쉽다.

반대로 '당신은 좋은 사람이다' 라고 말해보자. 이 말의 뜻은 '내가 당
신보다 부족하다' 는 뜻으로 자신을 낮추고 상대를 높이는 숭배와 같은
표현이 되지 않을까. 이 말을 듣는 순간 상대는 자신의 본질에 대해 남이
그렇게 판단해 준 것을 감사한다.

자신을 낮추고 상대를 높이는 일은 결국 나 자신을 높이는 것이 된다.
겸손한 사람이란 인식과 아울러 사람의 됨됨이를 논하게 된다. 그런데
이 일을 사람들은 의외로 잘 해내지 못하는 결점이 있다.

자신을 낮추고 상대를 높이는 것이 곧 나 자신을 높이는 것임이 분명
한데도 스스로 나를 높이려는 생각에 가득 차 있다. 아마도 자신을 낮추
는 것이 비굴하단 생각이 들어서일까? 그런 것인지 모르지만 아무튼 나
를 낮추고 상대를 높이는 일에 너무 인색하다.

나를 나타내고 싶거든 나를 낮추라. 낮출수록 나의 존재가 두드러지고 있다는 것을 알기까지 많은 경험과 시간이 필요하지만 이런 사실을 알고 이를 행하면 많은 경험과 시간을 소모하지 않고서도 깨달을 수 있다.

자신의 존재가 누구라는 것을 자신의 입을 통해서 나타내려 한 사람치고 제대로 자신의 존재를 알린 사람 보지 못했다. 하지만 겸손을 통한 자기 낮춤을 실행하며 사는 사람은 어느새 공론으로 그 존재가 누구임을, 훌륭한 사람임을 잘 나타내고 있었다.

평상시 대화에서도 대화의 깊이에 빠지거나 하면 자칫 자신의 이야기가 본의와 다르게 자기 존재를 부각시키기 위한 말로 흘러가는 경우도 있을 수 있다. 만일 그러거든 얼른 말을 수습하여 겸손한 자세로 돌아가라. 자신을 낮추고 상대를 높이는 일이야말로 자신의 말을 제대로 전달하기 위한 하나의 방편이며 수단임을 기억하라.

Do as you may if you can't do as you would.
원하는 대로 못하면 가능한 것만 해라.

비참한 생활 속에 놓인 사람은 언제나 즐거웠던 과거를 회상한다.
그러나 인생이 그때처럼 비참한 것은 없다.

상대방의 이름을 불러라

사람의 이름만큼 따뜻하게 느껴지는 음악은 없다.

상대방에게 인사를 하거나 칭찬을 할 때에 상대방의 이름을 말한다는 것은 인사나 칭찬이 오로지 상대방에 대한 것이라는 점을 나타내는 것이다. 사람의 이름만큼 따뜻하게 느껴지는 음악은 없다.

"○ ○ 씨, 안녕하세요?"

"○ ○ 씨, 기획안을 아주 잘 만드셨더군요. 놀랐습니다."

이렇게 이름을 추가시키면 상대방에게 전달되는 힘은 상당히 강해진다. 그러면 자연 상대방의 반응도 좋게 되돌아온다.

처음 사람을 사귈 때에는 상대방의 이름을 부르는 것이 효과적이다. 그저 성만을 부르면 너무 사무적인 것처럼 느껴지고 상대방과 나 사이에 일정 거리감이 느껴지지만 이름을 전부 부르면 왠지 익히 알고 있었던 사람처럼 느껴지고 어색한 기분이 이내 사라진다.

내가 알고 있는 한 친구는 운전을 하고 고속도로에 들어섰다가 빠져 나올 때 요금을 지불하기 위해 차를 세우며 얼른 요금을 받는 사람의 명찰을 살핀다. 그리곤 이렇게 말한다.

"○ ○ ○ 씨, 안녕하세요? 얼마죠?"

300

그러면 요금을 받는 아가씨의 환한 표정이 여지없이 돌아온다. 자신이 찾아가는 행선지를 몰라 물어보면 안내하는 음성이 얼마나 친절한지 모른다. 이렇듯 상대방의 이름을 불러주는 것은 처음 만나게 된 사람에게도 좋은 반응을 보인다.

처음 만나 명함을 받았을 때도 성과 직위를 합해 부르기보단 이름 모두와 직위를 합쳐 부르면 더욱 친근감 있게 느껴지는 것을 우리는 알 수 있다. 물론 어린 사람이 윗사람에게 그러기는 실례지만 비슷한 나이와 직위, 또는 아랫사람에게 이름을 불러주는 것은 상당한 효과를 불러오게 된다.

He that cannot obey cannot command.
순종할 줄 모르는 사람은 명령할 줄 모른다.

추녀 끝에 걸린 풍경도 바람이 불어야 제 소리를 낸다.
인생도 평온하기만 하다면 인생의 즐거움이
무엇인가를 알지 못한다.

301

상대방의 마음에 다다르는 말을 하라

말이란 것은 사람을 전제하는 것이므로 평소
사람의 마음에 대해 감각을 갈고 닦아야 한다.

내가 지금 하는 말이 상대방의 마음에 닿고 있는가를 관찰하라. 말이란 것은 사람을 전제하는 것이므로 평소 사람의 마음에 대해 감각을 갈고 닦아야 한다. 그런 뒤 상대의 마음에 다다라야 한다.

상대방의 마음에 다다르려면 나의 말이 상대방에게 공감되어야 한다. 이를 측정하는 방법이 있다. 모두 옳다고는 할 수 없어도 어느 정도 상대의 반응을 측정할 수 있는 방법일 수는 있다.

몸의 방향이 나와 정중앙으로 향하고 있으면 나와 대화를 하고 싶다는 표시이다. 내게 눈길을 주고 내 방향으로 상체를 구부리고 있으면 나를 좋아하고 있다는 의미이다. 그러나 나에게 시선을 비껴서 산만하거나 몸을 틀고 있으면 더 이상의 대화를 원하지 않는다는 뜻이기도 하다.

에드워드 홀이라는 학자가 연구한 바에 따르면 가까운 사람일수록 대화의 거리가 짧아지는데 사교적인 거리는 보통 1m에서 2m정도이고 그보다 가까운 사람은 더 훨씬 가까운 거리를 유지한다고 하는데 이것을 간접적 측정으로 활용해도 좋을 것 같다.

아무튼 상대방과의 좋은 대화를 유지하기 위해선 상대의 마음에 가

닿아야 한다는 것은 분명한 사실이다. 상대방이 나와 대화를 하고 싶다는 표시를 보이도록 노력하라. 나를 좋아하고 있다는 의미를 보이게 하라. 더 이상 나와 대화를 하고 싶지 않다는 뜻을 보이게 하지 마라. 상대방이 그런 자세를 취하면 이는 모두 내 자신의 화술에 문제가 있음을 스스로 지적하라. 모든 책임은 나에게 있다.

상대에게 호감을 주려면 다음과 같은 말의 원칙을 지켜야 한다.

첫째, 교양 있게 말해야 한다. 같은 말이라도 마구 지껄이듯 내뱉는 말보다 조용하고 차분하게 하는 말이 설득력이 있을 뿐만 아니라 교양 있는 말씨로 들려 상대방으로 하여금 공감을 갖게 한다.

둘째, 요령 있게 말해야 한다. 내 뜻을 전달하기 위해 하는 말이 마구 뒤죽박죽이 되듯 말하게 되면 올바른 뜻을 전달하지 못할 뿐아니라 상대방은 대화에 흥미를 잃게 된다. 말을 천천히 하면서 상대방이 흥미를 갖는 정도를 살피며 말하는 것이 대화의 요령이다.

셋째, 상황에 맞게 말해야 한다. 아무리 급해도 상대방이 원하지 않는 대화를 이끄는 것은 대화의 실패를 가져온다. 현재의 상황이 내가 이렇게 말해도 괜찮은지를 살피고 말해야 대화가 성공한다.

상대방의 마음을 읽어야 올바른 대화를 이끌 수 있다.

Work first and then rest.
먼저 일을 하고 나중에 쉬어라.

> 내용이 형식을 결정하지만 형식이
> 내용을 이끌어 갈 수 있다는 것을 잊어선 안 된다.

말에 특징을 살려라

말의 특징은 여러 방법으로 나타낼 수 있다. 악센트의 특성을,
말의 속도 법을, 그리고 말하는 그만의 버릇 등으로 나타낼 수 있다.

흥미 있는 일을 잔뜩 알고 있어 풍부한 화제로 삼고 있는 사람이 있는
가 하면 깊이 있는 발상으로 타인을 놀라게 하는 사람도 있다. 논리적인
이야기라면 누구에게도 지지 않는다는 사람도 있다.

말을 잘 하여 사람을 감동시키는 사람이 있는가 하면 듣는 사람을 즐
겁게 하는 유머러스한 사람도 있다. 그런가 하면 타인에게 안도감을 주
는 타입의 사람도 있다. 이런 사람들의 그러한 면은 모두 그 사람의 특징
이랄 수 있다.

무엇으로 나를 남들에게 나타나도록 할 수 있는가?

자기를 타인에게 인상지을 수 있는 특징은 무엇인가를 알고 이를 키
워나가야 한다. 자기가 아니면 할 수 없는 독특한 내용일수록 좋다. 고유
한 자기만의 특징을 지닌 사람은 오래토록 기억에 남게 하며 그가 한 말
을 잊지 않게 하는 장점이 있다.

별명이 이름보다 더 잘 기억할 수 있는 것처럼 특징도 하나의 별명처
럼 인상 깊게 남겨진다. 말의 특징은 여러 방법으로 나타낼 수 있다. 악
센트의 특성을, 말의 속도 법을, 그리고 말하는 그만의 버릇 등으로 나타

낼 수 있다.

대화를 잘해나가기 위해 신경을 쓰다 보면 사람은 저마다 자신도 모르는 버릇을 지니게 된다. 그러한 것들도 특징의 하나로 생겨날 수 있는 것이지만 다행스럽게 그 특징이 사람들에게 인상에 남을 만한 그런 좋은 것이면 괜찮은데 나쁜 특징을 지니게 되어 오히려 반감과 혐오를 가져오게 되는 경우가 있다. 이것을 얼른 알아차리고 나쁜 특징을 지우게 되면 얼마나 좋은가. 그러나 그것을 스스로 발견해 내기란 어렵고 그것을 지적해 주는 사람이 있어야 한다. 하지만 각별히 친한 사람이 아니고선 그런 말을 해준다는 것이 어렵다.

현대사회는 특징을 개성으로 인식한다. 개성이 강한 사람이 강한 인상을 남긴다.

It is the first step that is difficult.
어려운 것은 첫발이다.

우리는 시간이 흐른다고 말하고 있지만 그것은 옳지 않다.
앞으로 나아가는 것은 우리들 자신이지 시간이 아니다.

무엇 때문에 이야기하는가를 생각하라

자신이 말하는 목적은 내가 하는 말을 이해시키는 데
있다. 그러나 말처럼 쉬운 일은 아니다.

이야기를 하고자 하는 목적은 분명 있을 텐데 그 목적을 정확히 인식
하지 못하고 이야기하는 사람이 있다. 무엇이 중심인가 하는 것을 잊고
막연한 기분으로 이야기하며 횡설수설이 되어 버린다.

나는 지금 무엇 때문에 말하는가. 축복을 위해서인가, 슬픔을 같이 하
기 위해서인가, 아니면 단순 친목을 다지기 위해서인가, 남을 즐겁게 해
주기 위해서인가. 각기 목적에 따라 화제가 다르게 요구된다.

자신이 말하는 목적은 내가 하는 말을 이해시키는데 있다. 그러나 그
것이 말처럼 쉬운 일은 아니다. 잘 알아들을 것이라 생각하고 전달한 메
시지가 상대가 잘못 받아들임으로 해서 오해가 생기는 경우가 있다.

목적이 분명한 말은, 목적이 분명한 삶이 멋진 삶인 것처럼 마찬가지
이다. 목적이 분명한 말은 힘차다. 마치 목적지가 있어 그 목적지를 향해
힘차게 걸어가는 것처럼 목적이 있는 말은 곧고 굳세다. 자신감이 있고
당당하며 거침이 없다.

말을 보다 잘한다는 것은 그만큼 그 사람의 사회성장이 크게 북돋워
지고 있음을 뜻한다. 말을 시작했으면 처음부터 끝까지, 길고 짧음에 상

관없이 내가 지금 무엇 때문에 이야기하는가를 의식하고 말하라. 좌중의 분위기에 휩쓸려 두서없는 말이 되어 버리면 그것은 곤란하다.

뜻이 포함된 이야기를 하라. 내 이야기의 핵심이 상대에게 어떤 유익함을 전달하고 어떤 점에 호소하고 있는지를 상대가 이해할 수 있도록 대화의 구성에 각별히 신경 써서 말하라. 그런 화법을 습관이 되게 하라. 이런 습관은 대화의 기술에 꼭 포함되어 있어야 한다. 가장 기초적인 사항으로 마치 영어회화를 공부하려는 사람이 알파벳부터 시작하듯 대화의 기술을 배우려는 사람은 이런 습관부터 배워야 한다.

Fair flowers do not remain long by wayside.
아름다운 꽃은 오랫동안 길가에 머물러 있지 않는다.

올바르지 못한 친구를 잃어버리는 것은 대단한 이익이며
크나큰 성장이라고 해도 좋다.

표정은 입처럼 말을 한다

어두운 표정을 가지고 말하는 사람의 설득력과 환한
표정으로 말하는 사람의 설득력은 상당한 차이가 있다.

그 사람의 표정을 보면 전부는 아닐지라도 여러 가지 형태의 의사를
짐작할 수 있다. 그의 기분은 어떻고 상대를 받아들이는 태도가 진심인
지, 대화를 진심으로 기뻐하고 계속 할 의사가 있는지 등등. 아무리 그런
것들을 숨기려 해도 표정은 감정을 그대로 나타내 숨길 수 없다.

표정을 관리한다는 말이 있다. 이는 일정 감정엔 상관없이 인위적으
로 감정을 수습하려는 것인데 그러나 오랜 시간동안 지속할 수는 없다.

표정은 입처럼 말을 한다. 그것도 거짓 없는 진실한 말로만 한다. 표
정은 마음의 거울과 같아 자신의 마음 그대로 나타난다. 편안하게 살아
가는 사람의 얼굴이 평안하고 맑게 나타나는 것은 바로 그 때문이다.

현재 그 사람의 기분이 어떠한지 그 사람의 표정을 체크해 보면 거의
짐작할 수 있다. 주위에 있는 사람들을 살펴보아도 얼굴에 평화로움이
깃들고 온화함이 나타나는 사람들은 거의 생활에 안정을 가진 사람이나
근심이 없는 사람들이다. 하지만 얼굴에 초조한 빛이 깃들고 어두우며
무엇에 쫓기듯 하는 사람처럼 보이는 사람은 대개 걱정 근심이 많고 해
결하기 어려운 무거운 짐을 안고 있는 사람이다.

310

이렇듯 마음의 형태가 얼굴에 그대로 나타난다. 표정은 '나 지금 이렇소!' 하고 사람들에게 공표한다. 어두운 표정을 가지고 말하는 사람의 설득력과 환한 표정으로 말하는 사람의 설득력은 상당한 차이가 있다. 그래서 말을 하는 사람은 자신의 표정이 어떻게 나타나는가에 대한 고민과 표정을 어떻게 관리해야 하는가에 대한 냉철한 살핌을 우선으로 하고 대중들 앞에 나서야 한다.

상대의 반응에 따른 표정도 숨기기 어렵다. 좋은 반응에 따른 얼굴 표정은 괜찮은데 나쁜 반응에 따른 표정을 감춘다는 것은 어렵다. 이를 재빨리 간파하여 그에 따른 표정을 관리하고 차분하게 말을 이어가도록 하자. 당신의 선뜻 스치는 표정 하나에서 청중들은 당신이 지금 어떤 상태에 있다는 것을 알게 된다.

Vice are learned without a master.
악은 선생 없이도 배운다.

그 사람의 입장에 서보지 않았으면
그 사람을 비난하지 마라.

플러스 사고를 하라

플러스 사고는 덤의 철학이다. 현재 가지고 있는 것보다
무엇을 더 얹어주는 따뜻한 마음에서 발생하는 에너지다.

말은 생각의 표출이다.

자기 생각을 남에게 나타내는 데 있어 플러스 사고는 매우 중요하다. 플러스 사고는 긍정적인 말을 낳고 긍정적인 말은 상대로부터 좋은 인상을 남긴다. 생각은 있어도 말로 표현하지 않으면 상대방에게 내가 가진 생각을 전할 수 없다.

플러스 사고는 인품을 높이는 데 그만이다. 많은 사람들로부터 존경의 대상이 될 수 있으며 마이너스 사고를 가진 사람과는 비교조차 되지 않는다. 마음의 여유를 가지고 너그러우며 매사 이해로서 상대방을 존중한다. 결코 남을 비하하거나 남의 결점을 찾아내려 하기보단 남을 한껏 치켜세우며 남의 장점을 찾아 칭찬을 아끼지 않으려 한다. 그리고 상대방이 하는 일에 적극적인 관심을 보이면서 격려를 아끼지 않는다.

우리는 이런 사람의 태도에서 희망의 빛을 발견한다. 절망은 틈조차 발견되지 않는다. 플러스 사고와 마이너스 사고를 가진 사람의 차이점이 나타난다.

플러스 사고는 덤의 철학이다. 현재 가지고 있는 것보다 무엇을 더 얹

어주는 따뜻한 마음에서 발생하는 에너지다. 반대로 마이너스 사고는 에누리 철학이다. 현재 가지고 있는 것보다 무엇을 더 깎아버리려는, 팍팍한 마음에서 분출하는 못된 심리의 나타남이다. 결정적인 철학의 빈곤이 가져다주는 이런 심리의 형태는 그 사람 자체를 적나라하게 나타내는 것이기도 하다는 것을 알아야 한다.

세상의 모형은 플러스 사고를 가진 사람이 바라보는 것과 마이너스 사고를 가진 사람이 바라보는 것은 분명 다르다. 경제적인 여유를 가지고 있는 사람과 없는 사람이 바라보는 것 또한 다르다. 이는 여유로움이 있는 사람의 사고와 그렇지 않은 사람의 사고는 다르다는 것을 반증하는 것이기도 하다.

It is human nature to kick a fallen man.
넘어진 자를 발길로 차는 것이 인간의 본성이다.

사람의 하는 일이 완전무결하게 이루어질 수 없다.
이것에 세상의 원칙이다. 어떠한 잘못 속에도 진실은 남아 있고
아무리 잘한 일에도 잘못한 일이 들어 있다.

낯선 사람과의 대화는 흔한 화제로 시작하라

일반적 주제는 그 주제의 모호성이 없다. 지문을 깔고 거기에 무엇을 차용해
대화의 골격을 만들어 갈지 고심하지 않아도 되는 장점이 있다.

낯선 사람과 마주앉아 이야기할 때가 가끔 생긴다. 이때 서로는 낯설
어 대화를 부드럽게 이어가기가 어렵다. 이야기를 길게 이어간다는 것은
더더욱 어렵다. 그래서 낯선 사람과의 대화는 현재 일어나고 있는 일들,
사회적인 관심사를 화제로 끌어와 시작하면 한결 분위기를 부드러운 쪽
으로 바꿀 수 있게 된다.

어느 누구도 낯선 사람을 만나게 되면 곤혹을 겪게 되는 것이 바로 어
떻게 해야 분위기를 부드럽게 가져가 대화를 해야 할지 잘 모르는 것이
다. 이는 상대방의 입장에서도 마찬가지이다. 서로의 입장이 비슷하다.
이럴 때 누군가가 먼저 소위 말하는 흔한 화제, 누구나 알 수 있는 화제를
끌어와 그것을 공동의 관심사로 만들면 대화는 금방 부드럽게 전환될 수
있다.

일단 대화의 분위기가 부드러워지면 성공이다. 이후 웬만한 이야기들
은 분위기에 녹아 쉽고 빠르게 이해되며 자신이 목적하는 뜻을 전달하기
도 쉽다.

대화는 상호 전달이기 때문에 무엇보다 서로의 벽을 허물어 버리지

않으면 안 된다. 대화에 벽이 생기면 서로를 이해하기 어렵고

대화의 근간을 이루는 소통을 이루기도 어렵다. 일반적 주제는 그 주제의 모호성이 없다. 지문을 깔고 거기에 무엇을 차용해 대화의 골격을 만들어 갈지 고심하지 않아도 되는 장점이 있다. 그 주제 그대로 일반적 상황으로 말하기만 해도 상대의 관심과 이해를 구할 수 있다.

흔한 화제라고 해서 무시해선 안 될 일이다. 흔한 화제가 비중 있는 화제보다 더 큰 역할을 할 때가 의외로 많다는 것을 알고 낯선 사람을 만나 대화를 시작하기 전 유용하게 사용하면 의외의 좋은 성과를 거둘 수 있다.

A man is not completely born until he be dead.
인간은 죽을 때까지도 완전한 인간이 못 된다.
실수와 변명은 또 다른 하나의 실수를 낳게 한다.
한 가지 실수를 한 사람이 또 하나의 거짓말을 하는 것은 그 때문이다.

잘 아는 것도 모른 척 듣는다

이미 들었던 이야기일지라도 상대방의 입장을 생각해서 묵묵히 들어주며
이왕이면 관심을 곁들여 맞장구를 쳐주고 신바람을 일으켜라.

침묵도 대화라고 생각하라. 말을 하면서 침묵해야 할 때 침묵하는 것
은 말의 연장이다. 말해야 할 때 말하고 침묵할 때 침묵을 잘 구별하여야
하는데 여기서 말하는 침묵은 바로 상대방의 말에 귀를 기울이는 자세로
해석하면 된다. 결국 좋은 대화법은 상대방의 말도 잘 경청해야 하는 것
이란 것을 염두에 두어야 한다.

화술이 뛰어난 사람은 말을 잘하기도 하지만 말을 잘 들어야 한다고
누누이 강조했다. 대화의 기술을 잘 터득하고 있는 사람은 절대 상대방
의 말을 소홀히 듣지 않는다. 설령 이미 들었던 말들이나 아니면 알고 있
는 사항을 이야기해도 그 이야기를 모른 척 하고 끝까지 들어준다. 그것
이 상대방의 이야기에 대한 예의이고 배려라고 생각하고 있기 때문이다.

분명하다. 그것은 상대방을 위한 최대한의 예의이고 배려이다.

"그건 저도 알고 있는 이야기인데요."

"일전에 들었던 이야기군요."

참으로 김빠지는 소리다. 열심히 이야기하고 있는데 이렇게 말함으로
해서 이야기가 더 진행될 수 없다면 이후 상대방의 대화에 대한 열의는

그 순간 싸늘하게 식어버려 이야기를 진행시킬 맛이 없어진다.

잘 알고 있는 것도 모른 척 들어라. 이미 들었던 이야기일지라도 상대방의 입장을 생각해서 묵묵히 들어주며 이왕이면 관심을 곁들여 맞장구를 쳐주고 신바람을 일으켜라. 당신도 그런 입장에서 한 이야기 되풀이 한 적도 많고 누구나 잘 알고 있는 이야기를 자신만 아는 것처럼 침을 튀겨가며 이야기한 적도 많다.

The eyes have one language every where.
눈은 어느 곳에서나 하나의 언어를 갖는다.

그대가 지금 겪고 있는 불행 속에서도 경멸해야 할
현실 속에도 그대가 꿈꾸는 이상이 있다.

대화를 할 때는 상대를 편하게 해주어라

대화의 준비시간으로 생각해도 좋고 마음의
여유를 가지기 위한 시간이라고 생각해도 좋다.

대화에는 박자와 리듬이 필요하다.

"우선 차 한 잔 하시지요."

그러면서 일단 상대가 마음의 정리를 할 수 있도록 한다. 그러지 않고 만나자마자 단도직입적으로 대화로 들어가는 것은 그다지 좋은 대화법이 되지 못한다.

누구나 대화를 시작하기 전에는 긴장부터 하게 된다. 한참을 이야기하다보면 긴장감이 풀리고 이야기를 잘 진행할 수 있는데 처음엔 긴장속에서 어떤 말부터 해야 할지 난감해 하는 경우가 많다. 이런 것을 막기위하여 차를 권하거나 날씨를 이야기하거나 하면서 일단 상대가 긴장감을 풀고 편안한 마음을 가질 수 있도록 유도하는 것이 바람직하다.

아주 바쁜 일이 있어서 급한 용무 때문에 그럴 시간이 없다면 모르지만 다소 여유 있는 시간이 있다면 이 방법은 철저히 지키는 것이 좋다. 대화의 준비시간으로 생각해도 좋고 마음의 여유를 가지기 위한 시간이라고 생각해도 좋다. 어찌 되었든 이 시간을 꼭 필요한 시간이라 인식하고 받아들여라.

운동을 시작하기 전에 워밍업으로 근육을 완전히 풀고 시작하는 것과 그대로 시작해 근육 이완으로 정상적인 컨디션을 발휘할 수 없는 이치와 별반 다르지 않다.

대화는 상대의 요청으로 이루어질 수도 있고 나의 요구로 이루어질 수도 있다. 어떻게 되었든 편한 마음의 상태에서 대화가 이루어지면 그 대화는 뜻하고 목적하는 바를 잘 이룰 수 있고 그것은 누구에게 물어보아도 부정할 수 없는 사실이다. 효율적인 대화를 원한다면 상대를 편하게 해주려는 마음이 우선이다.

Simple are the words truth.
진실한 말은 간단하다.

작은 일이라도 내가 할 수 있는 일을 성심성의껏
노력하는 것이 위대한 것에 대한 접근이다.

행복한 마음을 표현하라

그 말들 속에는 겸손이 배어 있고 감사할 줄 아는
마음이 스며 있으며 그리고 따뜻한 마음이 스며 있다.

많이 할수록 행복하고 좋은 말이 있다. 그것은 '미안합니다.' '고맙습니다.' '잘하셨습니다.' '사랑합니다.' 등이다.

어떤 말을 선택하느냐에 따라 듣는 사람이나 말하는 사람이나 한결같이 좋아할 수 있는 말이 있고 그렇지 않은 말이 있는 법이다. 만일 우리들 입에 그런 행복하고 좋은 말들이 항상 달려 있다면 그것은 두말 할 필요도 없이 적극 장려하고 배워야 할 일들이다. 이런 말보다 좋은 말이 없고 이런 말보다 행복한 마음을 갖게 하는 말이 없다.

행복한 마음의 표현 속에 등장하는 말들, 그것들을 살펴보면 실제 어려운 말은 하나도 없다. 오히려 행복하게 하지 않는 말들 속에 어려운 말이 어지럽게 펴져 있지 행복한 말은 의외로 간단하고 쉬운 말들만 담겨 있다.

미안하다, 고맙다, 잘하셨다, 사랑한다고 말하는 사람이 느끼는 행복은 그런 말을 자주 사용하는 사람들 외에는 잘 느끼지 못한다. 그 말들이 얼마나 행복에 적법한 말인지 그 말을 많이 사용한 사람일수록 절실하게 느낀다.

그런 말들을 구사하는 것에 무슨 학식이 필요하고 라이센스가 필요한 가. 그런 말들은 누구나 쉽게 할 수 있는 말들로서 사회의 구성원으로 살아가는데 가장 많이 사용되어야 할 말들이다. 그 말들 속에는 겸손이 배어 있고 감사할 줄 아는 마음이 스며 있으며 그리고 따뜻한 마음이 스며 있다.

만일 어떤 사람이 다른 사람에 관해 이야기한 것을 남에게 말하고 싶은 충동이 일거들랑 남에게 말하기에 앞서 다음의 세 가지를 스스로에게 물어라.

첫째, 그게 사실이냐?

둘째, 그 말이 꼭 필요한 것이냐?

셋째, 그것이 친절한 것이냐?

A man cannot give what he hasn't got.
사람은 자기에게 없는 것을 줄 수는 없다.

슬픈 일이 있거나 고난이 닥쳤을 때 잠자리에 눕는 것은 좋은 일이다. 하지만 이보다 더 좋은 잠자리는 향기가 가득 밴 침대이다.

모든 사람들에게 친절하게 말하라

친절이 함유한 그 인자에는, 사랑도 있고 용서도 있고
포용도 있고 희망도 있다.

친절함을 베풀어야 할 사람은 정해져 있는 것이 아니다. 모든 사람들
이 받아야 할 중요한 덕목 중의 하나다.

친절함을 베풀고 다가서는 사람을 밀치는 사람은 세상에 하나도 없
다. 그런 사람을 혐오하고 질시하는 사람도 없다. 가장 빠른 받아들임,
그것이 바로 친절이다. 친절을 잊고서 사는 사람은 그 친절의 진정한 의
미와 친절이 얼마나 많은 수혜의 혜택을 가져다주는지 알지 못한다.

모든 일이 그렇듯 행한 자만이 그 행함의 진가를 알게 된다. 실감을 한
사람은 실감을 하지 못한 사람보다 한 단계 위로 삶의 깊이를 터득한 사
람이다. 그만큼 남에게 베푸는 친절이 어떤 위상을 간직하고 있는지 잘
알고 있다.

친절이 함유한 그 인자에는, 사랑도 있고 용서도 있고 포용도 있고 희
망도 있다. 친절한 행위 속에 절절함이 배인 그런 것들. 나는 이 말을 찬
양하지 않을 수 없다. 백 번을 권유하고 천 번을 가르쳐서라도 이것이 당
신 몸에 배이게 하고 싶다. 당신 생활의 일부분이 되도록 그 기분을 느끼
게 하고 싶다.

단어 하나에 인간이 필요로 하는 그 좋은 덕목들이 이렇게 많이 들어 있는 단어를 나는 아직 찾지 못했다. 친절하게 말하면서 그 말이 가져오는 위력이 이렇게 큰 단어를 알지 못하고 있다.

친절하게 말하라. 친절하게 말하는 사람에게 적은 없다. 등을 돌리고 돌아서는 사람이 없다. 모든 사람들이 내 주위로 몰려들며 나를 찬양하고 받아들이게 된다. 세상에 이런 힘을 간직한 사람이 있는가? 있다면 그들 모두는 모든 사람들을 친절하게 만드는 사람들이다.

Extreme justice is extreme injustice.
극단적인 정의는 극단적인 불의이다.

행복하게 살아가는 사람을 보면 대개 노력한 사람들이다.
게으른 사람이 행복하게 사는 것을 나는 아직 보지 못했다.

말을 속되게 하지 마라

흔히 말을 속되게 한다는 사람의 말을 거칠다고 표현한다. 거칠다는 것은
표면이 매끄럽지 못하다는 뜻이며 윤기가 없다는 말이기도 하다.

말은 어떻게 하느냐에 따라 천박스럽게 표현될 수 있고 품위가 있어
그 말의 아름다움에 도취될 수도 있다.

말을 속되게 하는 사람처럼 천박해 보일 수 없고 값싸게 보일 수 없다.
그 사람의 인품마저 의심케 하게 되는데 사실 말하는 품격으로 그 사람
을 판단하는 것이 무리로 나타나진 않는다. 말이 곧 그 사람의 인격이라
는 말이 맞는다.

흔히 말을 속되게 한다는 사람의 말을 거칠다고 표현한다. 거칠다는
것은 표면이 매끄럽지 못하다는 뜻이며 윤기가 없다는 말이기도 하다.
만일 다른 사람에게 이런 지적을 받았다면 얼른 고쳐야 한다. 별 대수롭
지 않게 생각하면 익히 당신에 대해 잘 알고 있는 사람이라면 그래도 모
르겠는데 당신이 처음 대하는 사람은 당황하기도 할 것이며 당신에 대한
인상을 좋게 가질 리 없다.

말은 버릇에 의해 입 밖으로 나오는 것이므로 말에 대한 버릇을 애초
부터 잘 키울 필요가 있다. 어쩜 어렸을 때부터 훈련이 필요한 것이기도
하다.

328

나의 지인 가운데 학식이 높고 인격이 고매한 교수가 있다. 그런데 이 사람의 약점은 말에 대한 품위가 학식과 인격에 비례되지 않는다는 점이다. 자신은 아마도 재미있는 강의를 하고 사뭇 말의 여유로움을 나타내기 위해 그러는 것 같은데 듣고 있는 사람의 입장에서 보면 그리 유쾌하게 들리지 않는다. 처음에는 속된 표현조차 학식과 인격이 높은 사람이기에 당위성을 부여하기도 했지만 오랜 시간을 같이 해보고 또한 사석에서 많은 대화를 나누어 보면서 내가 내린 결론은 결국 그가 말을 속되게 한다는 점이었다.

그러자 그동안 그 교수에 대해 품고 있었던 막연한 학식과 인격의 동경이 사라지고 그저 한 사람의 학자로서 인식할 뿐이었다. 아니 버릇처럼 굳어진 그의 말버릇에 대한 고쳐짐이 필요하다고 생각했다. 그러지 못하면 가벼운 사람으로 치부되어 그간 쌓아놓은 학식과 인격의 손상을 가져올 것이라는 우려를 했다.

말은 어떤 일이 있어도 품위 있게 해야 한다. 말을 속되게 하면 사람이 천박해지고 한편으로 쌓아올린 업적을 한편으로 무너뜨리게 되는 결과를 가져올 우려가 있다.

Man's life vanishes like the dew.
인생은 이슬같이 사라진다.

모든 인간이 자유로워지기 전에는 그 누구도 완전한 자유를 누릴 수 없다.